BVT

Henri vergöttert Napoleon, und um dem Kaiser nahe zu sein, lässt er sich anwerben. Doch Henri taugt nicht zum Soldaten, stattdessen avanciert er zum Hähnchenbrater Seiner Majestät. Er begleitet Napoleon auf dem Russlandfeldzug und sieht sich schließlich von seinem Idol enttäuscht. Zur selben Zeit durchstreift die schöne Villanelle mit ihrem Boot die Kanäle von Venedig, beobachtet das Glücksspiel und verkleidet sich als Mann. Sie verliebt sich in eine Frau, an die sie ihr Herz verliert. Henri und Villanelle begegnen sich. Sie schickt Henri los, ihr Herz zurückzugewinnen.

Jeanette Winterson wurde 1959 in Lancashire geboren. Sie lebt in London und auf dem Land in Gloucestershire. Für diesen Roman erhielt sie den John Llewellyn Rhys Prize. Im Herbst 2001 erschien im Berlin Verlag ihr neuester Roman *Das Powerbook*.

Jeanette Winterson

Verlangen

Roman

Aus dem Englischen von
Bettina Runge

Berliner Taschenbuch Verlag

Juli 2002
BvT Berliner Taschenbuch Verlags GmbH, Berlin,
ein Unternehmen der Verlagsgruppe Random House GmbH
Die Originalausgabe erschien 1987
unter dem Titel *The Passion*
bei Bloomsbury, London
© 1987 Jeanette Winterson
© 1988 für die Übersetzung J. G. Cotta'sche Buchhandlung
Nachfolger GmbH, gegr. 1659, Stuttgart
Umschlaggestaltung: Nina Rothfos und Patrick Gabler, Hamburg,
unter Verwendung des Gemäldes »Der tote Hahn«, 1650,
von Gabriel Metsu, Museo del Prado, Madrid
Gesetzt aus der Minion durch psb, Berlin
Druck und Bindung: Elsnerdruck, Berlin
Printed in Germany · ISBN 3-442-76043-7

Dich aber trieb fort aus dem Vaterhause rasende Liebe.
Die prallenden Felsen des Pontus hielten dich nicht.
In der Fremde wohnst du jetzt.

Medea

DER KAISER

Es war Napoleon, der eine solche Leidenschaft für Hühner hatte, dass er seine Köche rund um die Uhr in Arbeit hielt. Und was für eine Küche das war – mit Vögeln in jeder Form der Entblößung, manche noch kalt an Haken hängend, manche, die sich langsam am Spieße drehten, die meisten aber zu faulenden Haufen gestapelt, weil der Kaiser beschäftigt war. Seltsam, so von Appetit beherrscht zu sein.

Es war meine erste Stellung. Ich begann als Halsumdreher, und schon bald war ich derjenige, der das Tablett durch knöcheltiefen Schlamm zu seinem Zelt trug. Er schätzte mich, weil ich von kleinem Wuchs bin. Ich schmeichle mir. Er verabscheute mich nicht. Er liebte niemanden außer Joséphine, und er liebte sie auf die gleiche Weise, wie er Hühner liebte.

Niemand größer als fünf Fuß hat je den Kaiser bedient. Er hielt sich kleine Diener und große Pferde. Sein bevorzugtes Pferd war siebzehn Handbreit hoch und hatte einen Schweif, der sich drei Mal um einen Mann wickeln konnte und dann noch eine Perücke für seine Mätresse hergegeben hätte. Dieses Pferd hatte den bösen Blick, und es gab fast so viele tote Knechte im Stall wie Hühner auf dem Tisch. Diejenigen, die nicht von der Bestie selbst mit einem tückischen Tritt getötet wurden, die erledigte ihr Herr, weil das Fell nicht genügend glänzte oder weil der Zaum grün war.

»Eine neue Regierung muss blenden und verblüffen«, sagte er. Brot und Spiele in der Arena, glaube ich, waren seine Worte. Kein Wunder also, dass der Stallknecht, den wir schließlich fanden, vom Zirkus kam und nur bis zur Flanke des Pferdes reichte. Wenn er es striegelte, benutzte er eine Leiter mit festem Boden und einem dreieckigen Oberteil, aber wenn er es zum Trainieren ritt, machte er einen großen Satz und landete geradewegs auf dem glänzenden Rücken, während das Pferd sich bäumte und schnaubte und ihn selbst dann nicht abwerfen konnte, wenn seine Nüstern im Staub und seine Hinterbeine zu Gott gerichtet waren. Dann verschwanden Ross und Reiter in einer Staubwolke und jagten meilenweit, der Zwerg in die Mähne des Tieres gekrallt, es anfeuernd in einer seltsamen Sprache, die keiner von uns verstehen konnte.

Er aber verstand alles.

Er brachte den Kaiser zum Lachen, und das Pferd war ohnmächtig gegen ihn, also blieb er. Auch ich blieb, und wir wurden Freunde.

Eines Nachts, als wir im Küchenzelt waren, da geht die Glocke los, als wäre der Teufel selbst am anderen Ende. Wir sprangen auf, und einer rannte zum Bratspieß, ein anderer spuckte auf das Silber, und ich musste meine Stiefel anziehen für den Weg über die gefrorenen Wagenspuren. Der Stallbursche lachte und sagte, er würde es lieber mit dem Pferd als mit seinem Herrn riskieren; wir aber lachen nicht.

Da kommt es, umgeben von Petersilie, die der Koch im Helm eines toten Soldaten zieht. Draußen fallen die Schneeflocken so dicht, dass ich mir wie die kleine Figur im gläsernen Schneegestöber vorkomme. Ich muss die Augen zusammenkneifen, um dem gelben Fleck zu folgen, der Napoleons Zelt erleuchtet. Niemand sonst kann um diese Nachtzeit ein Licht haben. Öl ist knapp. Nicht alle Soldaten seiner Armee haben Zelte.

Als ich eintrete, sitzt er alleine vor einem Globus. Er bemerkt mich nicht, fährt fort, den Globus zu drehen, hält ihn zärtlich mit beiden Händen, als wäre er eine Frauenbrust. Ich gebe ein knappes Hüsteln von mir, und er schaut plötzlich auf, Angst in den Augen.

»Stell es her und geh.«

»Soll ich's nicht für Euch zerlegen, Herr?«

»Ich tu's selbst. Gute Nacht.«

Ich weiß, was er meint. Er bittet mich jetzt fast nie, es zu zerlegen. Sobald ich gegangen bin, wird er den Deckel abheben, es herausnehmen und in seinen Mund schieben. Er wünscht sich, sein ganzes Gesicht wäre Mund, um einen ganzen Vogel hineinzustopfen.

Am Morgen kann ich von Glück reden, wenn ich das Brustbein finde.

Es gibt keine Wärme, nur Grade von Kälte. Wie sich ein Feuer vor meinen Knien anfühlt, daran kann ich mich nicht erinnern. Selbst in der Küche, dem wärmsten Ort in jedem Heereslager, ist die Wärme zu spärlich, um sich ausbreiten zu können, und die Kupferpfannen sind beschlagen. Ein Mal in der Woche ziehe ich meine Socken aus und schneide meine Zehennägel. Die anderen nennen mich einen Gecken. Wir sind weiß mit roten Nasen und blauen Fingern.

Die Trikolore.

Er tut es, um seine Hühner frisch zu halten.

Er benutzt den Winter als Speisekammer.

Aber das war vor langer Zeit. In Russland.

Heute spricht man von den Dingen, die er tat, als hätten sie alle einen Sinn gehabt. Als wären selbst seine verheerendsten Fehler nur die Folge von Pech und Hochmut gewesen.

Es war Wahnsinn.

Worte wie Verwüstung, Gemetzel, Blutbad, Vergewaltigung, Hungerstod sind Verschlussworte, um den Schmerz in Grenzen zu halten. Worte über den Krieg, die beschönigen, die leicht von den Lippen fließen.

Ich erzähl euch Geschichten. Traut mir.

Ich wollte Trommler werden.

Der Werbeoffizier gab mir eine Walnuss und fragte, ob ich sie zwischen Finger und Daumen aufbrechen könne. Ich konnte es nicht, und er lachte und sagte, ein Trommler müsse kräftige Hände haben. Ich streckte ihm herausfordernd meine Handfläche mit der Walnuss entgegen – er solle es mir vormachen. Er lief rot an und ließ mich durch einen Leutnant zu den Küchenzelten bringen. Der Koch musterte meine schmächtige Gestalt und stellte fest, dass ich nicht fürs Hackbeil geschaffen war. Nicht geschaffen für die Berge namenlosen Fleisches, das für den täglichen Eintopf gehackt werden musste. Er sagte, ich könne mich glücklich schätzen, dass ich für Bonaparte selbst arbeiten würde, und für einen kurzen lichten Augenblick stellte ich mir eine Ausbildung zum Konditor vor, der köstliche Türme aus Zucker und Sahne errichtet. Er führte mich zu einem kleinen Zelt mit zwei teilnahmslosen Wärtern an den Klappen.

»Bonapartes eigener Vorratsraum«, sagte der Koch.

Das ganze Zelt, vom Boden bis zum Dach, war angefüllt mit rohen Holzkäfigen, etwa einen Fuß im Quadrat, mit schmalen Gängen kaum mannsbreit dazwischen. In jedem Käfig hockten zwei oder drei Vögel, Schnäbel und Krallen abgeschnitten, und starrten alle mit denselben leeren Augen durch die Latten. Ich bin nicht zimperlich und habe auf unseren Höfen so manche Verstümmelung gesehen, aber auf diese Stille war ich nicht vorbereitet. Nicht einmal ein Rascheln. Sie hätten tot sein können, tot sein müssen, wären da nicht diese Augen gewesen. Der Koch wandte sich zum Gehen. »Deine Aufgabe ist es, sie herauszunehmen und ihnen die Hälse umzudrehen.«

Ich stahl mich fort zum Hafen, und weil der Stein in diesem frühen April warm und ich tagelang unterwegs gewesen war, schlief ich ein und träumte von Trommeln und einer roten Uniform. Es war ein Stiefel, der mich weckte, hart und glänzend, mit dem vertrauten Geruch nach Sattel. Ich hob den Kopf und sah den Fuß auf meinem Bauch, so wie vorher die Walnuss auf meiner Hand. Der Offizier schaute mich nicht an, sagte nur: »Du bist jetzt Soldat und wirst noch oft genug Gelegenheit haben, im Freien zu schlafen. Steh auf.«
Er hob seinen Fuß, und als ich aufsprang, trat er mich kräftig und sagte, noch immer starr geradeaus blickend: »Strammer Hintern, auch schon was.«
Ich erfuhr bald von seinem Rufe, doch er belästigte mich nie. Ich glaube, der Hühnergeruch hielt ihn fern.

Von Anfang an hatte ich Heimweh. Ich sehnte mich schmerzlich nach meiner Mutter. Ich sehnte mich nach dem Hügel, wo die Sonne sich über das Tal neigt. Ich sehnte mich nach all den alltäglichen Dingen, die ich gehasst hatte. Im Frühling setzt der Löwenzahn gelbe Tupfer auf unsere Wiesen, und der Fluss zieht nach den Regenmonaten wieder träge dahin. Als die Heeresrekrutierung begann, lachten wir, eine tapfere Schar, und sagten, es sei an der Zeit, dass wir etwas anderes zu sehen bekämen als die roten Scheunen und die Kühe, denen wir auf die Welt geholfen hatten. Wir verpflichteten uns auf der Stelle, und die von uns, die nicht schreiben konnten, kritzelten ein hoffnungsvolles Kreuz auf die Seite.

Unser Dorf zündet jedes Jahr am Ende des Winters ein Freudenfeuer an. Wir hatten es wochenlang aufgebaut, groß wie eine Kathedrale mit einer lästerlichen Spitze aus zerbrochenen Fallen und verlausten Strohsäcken. Es gab Wein in Mengen und Tanz und ein Liebchen im Dunkel, und uns, die wir fortgingen, wurde erlaubt, das Feuer zu entfachen. Als die Sonne unterging, steckten wir unsere fünf brennenden Fackeln ins Herz des Scheiterhaufens. Mein Mund wurde trocken, als ich das Holz knacken hörte, bis die erste Flamme hochschoss. Da wünschte ich, ich wäre ein Heiliger mit einem Schutzengel, damit ich ins Feuer springen könnte und meine Sünden verbrennen sähe. Ich gehe wohl zur Beichte, doch es ist keine Inbrunst dabei. Tu es aus tiefstem Herzen oder gar nicht.

Wir sind laue Menschen trotz all unserer Festtage und der harten Arbeit. Uns rührt wenig an, und doch sehnen wir uns danach, angerührt zu werden. Nachts liegen wir wach und hoffen, das Dunkel möge schwinden und uns eine Vision zeigen. Unsere Kinder erschrecken uns mit ihrer Vertrautheit, aber wir sorgen dafür, dass sie aufwachsen wie wir. Lau werden wie wir. In solchen Nächten können wir, mit glühenden Händen und Gesichtern, glauben, dass der kommende Tag uns Engel in Krügen zeigen und sich in den wohl bekannten Wäldern plötzlich ein neuer Pfad auftun wird.

Bei unserem letzten Freudenfeuer versuchte ein Nachbar, die Dielen seines Hauses herauszureißen. Er sagte, es sei nichts als ein stinkender Haufen von Mist und Ungeziefer. Er wollte alles verbrennen. Sein Weib zerrte an seinem Arm. Es war eine kräftige Frau, ans Feld und Butterfass gewöhnt, aber sie konnte ihn nicht bändigen. Er stieß seine Faust in das trockene Holz, bis seine Hand wie ein gehäuteter Lammschädel aussah. Dann lag er die ganze Nacht beim Feuer, bis der Morgenwind ihn mit kalter Asche bedeckte. Er sprach später nie davon. Und wir sprachen nie davon. Zum Freudenfeuer kommt er nicht mehr.

Manchmal frage ich mich, warum keiner von uns versucht hat, ihn aufzuhalten. Ich glaube, wir wünschten, dass er's tat, für uns tat. Unser altgewohntes Leben niederreißen und ganz von vorn anfangen. Einfach und sauber, mit geöffneten Händen. Es würde nicht geschehen, nicht mehr, als es hätte geschehen können, als Bonaparte halb Europa in Brand steckte. Doch welche andere Möglichkeit hatten wir?

Der Morgen kam, und wir marschierten davon mit unseren Paketen mit Brot und reifem Käse. Es gab Tränen bei den Frauen, und die Männer klopften uns auf den Rücken und sagten, Soldat zu sein sei ein feines Leben für einen jungen Burschen. Ein kleines Mädchen, das mir stets folgte, ergriff meine Hand und sah mich aus ängstlichen Augen an.

»Wirst du Menschen töten, Henri?«

»Nicht Menschen, Louise, nur den Feind.«

»Was ist das, der Feind?«

»Jemand, der nicht auf unserer Seite ist.«

Wir waren unterwegs, um uns in Boulogne der Armee gegen England anzuschließen. Boulogne, ein verschlafener, unbedeutender Hafen mit einer Hand voll Freudenhäusern, wurde plötzlich zum Sprungbrett für das Kaiserreich. Nur zwanzig Meilen entfernt, an einem klaren Tag gut zu erkennen, lagen England und seine Arroganz. Wir wussten von den Engländern; wie sie ihre Kinder fressen und die Heilige Jungfrau missachten. Wie sie mit unerhörter Sorglosigkeit Hand an sich legen. Die Engländer haben die höchste Zahl an Selbstmorden in Europa. Das hatte ich direkt von einem Priester. Die Engländer mit ihrem John-Bull-Rindfleisch und ihrem schäumenden Bier. Die Engländer, die selbst jetzt bis zur Hüfte in den Wassern vor Kent ihre Manöver abhalten, um die beste Armee der Welt zu versenken.

Wir sollen in England einfallen.

Ganz Frankreich wird, wenn nötig, zu den Waffen gerufen. Bonaparte wird sein Land mit beiden Händen wie einen Schwamm auswringen und den letzten Tropfen aus ihm herauspressen.

Wir sind in ihn vernarrt.

Obwohl jetzt meine Hoffnung, mit erhobenem Kopf an der Spitze einer stolzen Kolonie zu trommeln, geschwunden ist, trage ich meinen Kopf immer noch hoch genug, weil ich weiß, dass ich Bonaparte selbst sehen werde. Er kommt regelmäßig von den Tuilerien her, um die See zu prüfen, so wie der gemeine Mann seine Regentonne überprüft. Ihm nahe zu sein, sagt Domino, der Stallknecht, ist so, als wenn ein starker Wind dir um die Ohren braust. So hat Madame de Staël es beschrieben, und, berühmt wie sie ist, wird es wohl stimmen. Sie lebt jetzt nicht mehr in Frankreich. Bonaparte hat sie verbannt, weil sie sich darüber empört hat, dass er die Theater zensiert und die Zeitungen unterdrückt. Ich hab einmal eins ihrer Bücher gekauft, von einem Hausierer, der es von einem zerlumpten Edelmann hatte. Viel habe ich nicht verstanden, aber ich habe das Wort ›intellektuell‹ gelernt, und das möchte ich auf mich verwenden.

Domino lacht mich aus.

Nachts träume ich von Löwenzahn.

Der Koch griff sich ein Huhn vom Haken über seinem Kopf und schöpfte eine Hand voll Füllung aus der Kupferschüssel. Er feixte.

»Heute Abend geht's in die Stadt mit euch, Jungens. Eine Nacht wird das, ich schwör's, die keiner so schnell vergisst.« Er stopfte die Füllung in den Vogel und drehte ihn, um sie glatt zu streichen.

»Habt wohl alle schon eine Frau gehabt, was?«

Die meisten von uns wurden puterrot, die anderen kicherten.

»Wenn nicht, dann gibt es nichts Süßeres, und wenn doch, nun, selbst Bonaparte wird den Geschmack daran Nacht für Nacht nicht satt.«

Er hielt uns das Huhn zum Begutachten hin.

Ich hatte gehofft, mit der Taschenbibel, die meine Mutter mir beim Abschied in die Hand gedrückt hatte, im Lager zu bleiben. Meine Mutter liebte Gott, sie sagte, Gott und die Heilige Jungfrau seien alles, dessen sie bedurfte, obwohl sie dankbar war, ihre Familie zu haben. Ich habe sie niederknien sehen in der Morgendämmerung, bevor sie zum Melken ging, und vor dem dicken Haferbrei, und laut zu Gott singen hören, den sie nie gesehen hatte. Wir sind mehr oder weniger fromm in unserm Dorf und ehren den Priester, der sieben Meilen zurücklegt, um uns die Hostie zu bringen, aber das dringt uns nicht ins Herz.

Der heilige Paulus sagte, es sei besser zu heiraten als zu brennen. Meine Mutter aber hat mich gelehrt, es sei besser zu brennen als zu heiraten. Sie wollte Nonne werden. Sie hoffte, ich würde Priester, und sparte, um mir eine Ausbildung zu geben, während meine Kameraden Seile flochten und hinter dem Pflug herzogen.

Ich kann nicht Priester werden, weil, obwohl mein Herz so laut schlägt wie ihres, ich keine stürmischen Antworten vorgaukeln kann. Ich habe zu Gott und der Heiligen Jungfrau geschrien, doch sie haben nicht zurückgeschrien, und die leise, verhaltene Stimme berührt mich nicht. Ein Gott kann doch wohl Leidenschaft mit Leidenschaft beantworten.

Sie sagt, er kann es.

Dann soll er's auch tun.

Die Familie meiner Mutter war nicht wohlhabend, aber geachtet. Sie genoss eine ruhige Erziehung mit Musik und gebührender Literatur, doch über Politik wurde bei Tisch nie gesprochen, nicht einmal als die Rebellen die Türen einschlugen. Ihre Eltern waren Monarchisten. Als sie zwölf Jahre alt war, erklärte sie ihnen, dass sie Nonne werden wollte, aber man schätzte keine Unmäßigkeit in ihrer Familie und versicherte ihr, dass die Ehe weit erfüllender sei. So wuchs sie im Stillen heran, verborgen vor ihren Augen. Nach außen war sie folgsam, doch im Innern nährte sie einen Hunger, den sie verabscheut hätten, wäre Abscheu selbst nicht schon eine Unmäßigkeit gewesen. Sie las das Leben der Heiligen und wusste den größten Teil der Bibel auswendig. Sie glaubte, dass die Heilige Jungfrau ihr helfen würde, wenn die rechte Zeit kam.

Die rechte Zeit kam, als sie fünfzehn war – auf einem Rindermarkt. Die ganze Stadt war auf den Beinen, um die schweren Ochsen und hochnäsigen Schafe zu beäugen. Ihre Eltern waren in Ferienlaune, und, einem plötzlichen Einfall folgend, deutete ihr Vater auf einen stattlichen, gut gekleideten Herrn, der ein Kind auf den Schultern trug. Einen besseren Ehemann, sagte er, könne sie nicht finden. Er würde später mit ihnen essen und hoffte sehr, dass Georgette (meine Mutter) nach dem Abendessen singen würde. Als die Menge dichter wurde, entfloh meine Mutter mit nichts als den Kleidern, die sie am Leibe hatte, und der Bibel, die sie stets bei sich trug. Sie versteckte sich in einem Heuwagen und verließ an diesem sonnendurchfluteten Abend für immer die Stadt, glitt langsam durch die stillen Lande, bis der Wagen in meinem Geburtsdorf anhielt. Ganz furchtlos, weil sie an die Macht der Jungfrau Maria glaubte, klopfte sie bei Claude (meinem Vater) an und bat, ins nächste Kloster gebracht zu werden. Er war ein einfacher, aber freundlicher Mann, zehn Jahre älter als sie, und er bot ihr ein Lager für die Nacht an, mit der Absicht, sie am nächsten Tag zu ihren Eltern zurückzubringen und vielleicht eine Belohnung einzustecken.

Sie kehrte nie mehr nach Hause zurück und fand auch das Kloster nie. Die Tage wurden zu Wochen, und sie fürchtete sich vor ihrem Vater, der, wie sie erfuhr, die Gegend durchkämmte und in allen Klöstern, die er passierte, Bestechungsgelder hinterließ. Drei Monate vergingen, und sie entdeckte, dass sie eine glückliche Hand mit Pflanzen hatte und verängstigte Tiere beruhigen konnte. Claude sprach kaum mit ihr und belästigte sie nie, aber manchmal bemerkte sie, dass er stehen blieb und, mit der Hand die Augen beschattend, sie beobachtete.

Spät, eines Nachts, als sie schon schlief, hörte sie ein Pochen an ihrer Tür und sah im Licht der erhobenen Lampe Claude auf der Schwelle stehen. Er hatte sich rasiert, trug ein Nachthemd und roch nach Karbolseife.

»Willst du mich heiraten, Georgette?«

Sie schüttelte den Kopf, und er ging, kam aber, als die Zeit verstrich, gelegentlich wieder und stand, immer frisch rasiert und nach Karbolseife riechend, in der Tür.

Sie sagte ja. Sie konnte nicht mehr nach Hause zurück. Sie konnte nicht ins Kloster gehen, solange ihr Vater jede Äbtissin mit Versprechungen für einen neuen Altarschmuck bestach, aber sie konnte auch nicht länger neben diesem schweigsamen Mann und seinen geschwätzigen Nachbarn leben, wenn er sie nicht heiratete. Er legte sich zu ihr ins Bett, strich über ihre Wange, nahm ihre Hand und legte sie auf sein Gesicht. Sie fürchtete sich nicht. Sie glaubte an die Macht der Heiligen Jungfrau.

Dann wurde ich geboren.

Sie erzählte mir von meinen Großeltern und ihrem Haus und dem Klavier, und ein Schatten verdunkelte ihre Augen bei dem Gedanken, dass ich sie nie sehen würde, ich aber liebte meine verschleierte Herkunft. Jeder sonst im Dorf hatte zahlreiche Verwandte, mit denen er sich stritt und die alle Bewohner genau kannten. Ich dagegen konnte Geschichten über die meinen ersinnen. Sie waren, je nach meiner Stimmung, genau so, wie ich sie wollte.

Dank der Bemühungen meiner Mutter und der kümmerlichen Gelehrsamkeit unseres Priesters lernte ich, in meiner Sprache zu lesen, Latein und Englisch, auch Arithmetik, und da der Priester sein mageres Einkommen mit Wetten und Glücksspielen aufbesserte, kannte ich bald alle Kartenspiele und ein paar Tricks. Nie habe ich meiner Mutter erzählt, dass der Priester eine hohle Bibel mit einem Kartenspiel darin besaß. Manchmal nahm er sie versehentlich zum Gottesdienst mit, und dann las er immer das erste Kapitel der Genesis. Die Dörfler glaubten, er habe eine Vorliebe für die Schöpfungs-geschichte. Er war ein guter Mensch, aber lau. Ich hätte einen glühenden Jesuiten vorgezogen, vielleicht hätte ich dann die Ekstase gefunden, die ich brauchte, um zu glauben.

Ich fragte, warum er Priester geworden sei, und er antwortete, wenn man schon arbeiten müsse, dann besser für einen ab-wesenden Herrn.

Wir angelten zusammen, und er zeigte mir die Mädchen, die er gern gehabt hätte, und bat mich, es für ihn zu tun. Ich hab es nie getan. Wie mein Vater fand ich erst spät zu den Frauen.

Als ich fortging, weinte meine Mutter nicht. Es war Claude, der weinte. Sie gab mir ihre kleine Bibel, die sie so lange Jahre aufbewahrt hatte, und ich versprach, darin zu lesen.

Der Koch sah mein Zögern und stieß mir den Fleischspieß in die Rippen. »Neu für dich, Kleiner? Hab keine Angst. Die Mädchen, die ich kenne, sind rein wie Engel und weit wie die Felder von Frankreich.« Ich machte mich fertig und wusch mich von Kopf bis Fuß mit Karbolseife.

Bonaparte der Korse. 1769 geboren, ein Löwe.

Klein, blass, launisch, mit einem Auge auf die Zukunft und einer außergewöhnlichen Fähigkeit, sich zu konzentrieren. 1789 öffnete die Revolution eine abgeschlossene Welt, und eine Zeit lang galt der unbedeutendste Straßenbengel mehr als jeder Aristokrat. Für einen jungen Leutnant mit Erfahrung in der Artillerie waren die Aussichten günstig, und nach wenigen Jahren verwandelte General Bonaparte Italien in die Schlachtfelder von Frankreich.

»Was ist Glück anderes«, sagte er, »als die Fähigkeit, Zufälle auszunutzen?« Er hielt sich für den Mittelpunkt der Welt, und lange Zeit gab es nichts, was seine Meinung hätte ändern können. Nicht einmal John Bull. Er war in sich selbst verliebt, und Frankreich schloss sich dem an. Es war eine Romanze. Vielleicht sind alle Romanzen so; kein Vertrag zwischen gleichwertigen Partnern, sondern eine Explosion von Verlangen und Träumen, die sich im alltäglichen Leben nicht Luft machen können. Da hilft nur ein Drama, und solange das Feuerwerk andauert, hat der Himmel eine andere Farbe. Er wurde Kaiser. Er rief den Papst aus der Heiligen Stadt, um sich krönen zu lassen, aber im letzten Augenblick nahm er die Krone in die eigenen Hände und setzte sie sich selbst aufs Haupt. Er ließ sich scheiden von der einzigen Person, die er je wirklich liebte, weil sie ihm kein Kind schenken konnte. Das war der einzige Teil der Romanze, den er nicht selbst bestimmen konnte.

Er ist mal abstoßend, mal faszinierend.

Was würdet ihr tun, wenn ihr Kaiser wärt? Würden Soldaten zu bloßen Zahlen? Würden Schlachtfelder zu Diagrammen? Würden Intellektuelle zur Gefahr? Würdet ihr eure Tage auf einer Insel beschließen, wo die Nahrung salzig und die Gesellschaft fade ist?

Er war der mächtigste Mann der Welt, doch er konnte Joséphine nicht beim Billard besiegen.

Ich erzähl euch Geschichten. Traut mir.

Das Bordell wurde von einer Riesin aus Schweden geleitet. Ihr Haar war gelb wie der Löwenzahn und bedeckte ihre Knie wie ein lebendiger Teppich. Ihre Arme waren nackt, die Ärmel ihres Kleides hochgekrempelt und von Strumpfbändern gehalten. Um ihren Hals an einer Lederschnur trug sie eine hölzerne Puppe mit flachem Gesicht. Sie sah mich darauf starren, zog meinen Kopf zu sich und zwang mich, daran zu riechen. Es duftete nach Moschus und exotischen Blumen.

»Aus Martinique, wie Bonapartes Joséphine.«

Ich lächelte und sagte: »Vive notre dame de victoires«, aber die Riesin brach in Lachen aus und sagte, Joséphine würde niemals in Westminster gekrönt, wie Bonaparte es versprochen hatte. Der Koch fuhr sie scharf an, sie solle ihre Zunge hüten, doch sie hatte keine Angst vor ihm und führte uns in einen kalten steinernen Raum mit Pritschen an den Wänden und einem langen Tisch in der Mitte, beladen mit Krügen roten Weines. Ich hatte roten Samt erwartet, nach der Art, wie der Priester diese Orte vergänglicher Lust beschrieben hatte; aber hier gab es nichts Weiches, nichts Zartes, nichts, das den Zweck unseres Besuches verhüllte. Als die Frauen eintraten, waren sie älter, als ich sie mir vorgestellt hatte, so gar nicht wie die Bilder im Sündenbuch des Priesters. Nicht schlangengleich, nicht Eva ähnlich mit Brüsten wie Äpfel, sondern fett und schlaff, das Haar hastig zusammengesteckt oder um die

Schultern drapiert. Meine Begleiter grölten, pfiffen und stürzten den Wein gleich aus den Krügen die Kehlen hinunter. Ich hätte gern ein Glas Wasser gehabt, wusste aber nicht, wie ich darum bitten sollte.

Der Koch machte den ersten Schritt, schlug einer Frau aufs Hinterteil und gab einen groben Witz über ihr Korsett zum Besten. Er trug noch immer seine fettbefleckten Stiefel. Die anderen begannen sich paarweise zusammenzutun und ließen mich mit einer geduldigen Frau mit schwarzen Zähnen und zehn Ringen an einem Finger zurück.

»Ich bin eben erst Soldat geworden«, erklärte ich und hoffte, sie würde verstehen, dass ich nicht wusste, wie ich es anstellen sollte. Sie kniff mir in die Wange.

»Das sagen sie alle, weil sie glauben, das erste Mal müsste es billiger sein. Ich nenn das Schwerarbeit – wie Unterricht im Billard ohne Queue.«

Sie sah zum Koch hinüber, der auf einer der Pritschen hockte und versuchte, seine Hose zu öffnen. Seine Dirne kniete vor ihm, die Arme vor der Brust verschränkt. Plötzlich schlug er ihr ins Gesicht, und der Knall ließ das Geplauder im Raum einen Augenblick verstummen.

»Hilf mir, du Luder. Steck deine Hand rein, oder bist du bange vor Aalen?«

Sie verzog verächtlich den Mund, und trotz ihrer rauen Haut glühte der rote Fleck auf ihrer Wange. Sie gab keine Antwort, steckte nur ihre Hand in seine Hosen und zog ihn heraus – wie ein Frettchen beim Nacken.

»In deinen Mund.«

Ich musste an Haferbrei denken.

»Feiner Kerl, dein Freund«, sagte meine Begleiterin.

Ich wäre am liebsten zu ihm gegangen und hätte sein Gesicht in die Kissen gedrückt, bis ihm kein Atem geblieben wäre. Doch da kam er mit heiserem Gebrüll und fiel rückwärts auf seine Ellenbogen. Die Frau erhob sich und spie ganz bedächtig in die Schüssel am Boden, spülte ihren Mund mit Wein und spuckte noch mal aus. Sie tat es geräuschvoll, und der Koch, der es hörte, schrie sie an, was ihr einfiel, seinen Samen in die Gossen von Frankreich zu speien.

»Was sonst sollte ich damit tun?«

Er trat auf sie zu mit erhobener Faust, doch die Faust ging nicht nieder. Meine Begleiterin sprang vor und zog ihm mit einem Weinkrug eins über den Schädel. Sie nahm ihre Freundin in die Arme und küsste sie rasch auf die Stirn.

Mit mir würde sie das niemals tun.

Ich sagte ihr, ich hätte Kopfweh, und setzte mich draußen vor die Tür.

Jeweils vier im Wechsel trugen wir unseren Anführer zurück; wie ein Sarg lag er auf unseren Schultern, das Gesicht nach unten für den Fall, dass er sich übergeben musste. Am nächsten Morgen prahlte er vor den Offizieren, wie er das Luder dazu gebracht hätte, ihn ganz zu verschlingen, und wie ihre Backen prall gewesen wären, als sie ihn nahm.

»Und was ist mit deinem Kopf?«

»Bin auf dem Rückweg gestolpert«, erwiderte er, wobei er mich ansah.

Er lief fast jede Nacht zu den Huren, ich aber ging nie mehr mit ihm hin. Außer mit Domino und Patrick, dem entamteten Priester mit dem Adlerauge, sprach ich kaum mit jemandem. Ich verbrachte meine Zeit damit, zu lernen, wie man Hühner mit Füllung stopft und den Vorgang des Garens verlangsamt. Ich wartete auf Bonaparte.

Endlich, an einem heißen Morgen, als das Meer Salzschichten zwischen den Hafensteinen zurückließ, kam er. Er kam mit seinen Generalen Murat und Bernadotte. Er kam mit seinem neuen Flottenadmiral. Er kam mit seiner Gemahlin, deren Anmut selbst die größten Haudegen im Lager sich die Stiefel zwei Mal putzen ließ. Ich aber sah nur ihn. Vor Jahren hatte mir mein Mentor, der Priester, der die Revolution unterstützte, flüsternd erklärt, dass Bonaparte vielleicht der zur Erde zurückgekommene Sohn Gottes sei. Ich lernte, statt Geschichte und Geographie, all seine Schlachten und Feldzüge auswendig. Ich war stundenlang mit dem Priester über eine alte, zerfledderte Weltkarte gebeugt, suchte nach all den Orten, an denen er gewesen war, und sah, wie die Grenzen Frankreichs sich langsam ausdehnten. Der Priester trug ein Bild von Bonaparte gleich neben dem der Heiligen Jungfrau, und ich wuchs mit beiden heran, unbemerkt von meiner Mutter, die Monarchistin blieb und immer noch für die Seele von Marie Antoinette betete.

Ich war erst fünf, als die Revolution Paris zur freien Bürgerstadt und Frankreich zur Geißel Europas machte. Unser Dorf lag Seine-abwärts gar nicht so weit entfernt, doch wir hätten ebenso gut auf dem Mond leben können. Keiner wusste wirklich, was vor sich ging, nur dass König und Königin eingekerkert waren. Wir verließen uns auf Gerüchte und der Priester auf seine geistliche Tracht, um sich vor der Kanonenkugel oder dem Messer zu schützen. Das Dorf war geteilt. Die meisten meinten, König und Königin seien im Recht, obwohl wir für König und Königin nur Steuerquelle und Staffage waren. Doch dies sind meine Worte, die ich von einem klugen Mann gelernt hatte, der sich von niemandem beeindrucken ließ. Die meisten meiner Kameraden im Dorf konnten nicht von ihrem Unbehagen sprechen, aber ich sah es an ihren Schultern, wenn sie das Vieh zusammentrieben, sah es in ihren Gesichtern, wenn sie dem Priester in der Kirche lauschten. Wir waren immer hilflos, ganz gleich, wer an der Macht war.

Der Priester sagte, dass wir die letzten Tage erlebten, dass die Revolution einen neuen Messias und das Paradies auf Erden bringen würde. In der Kirche ging er freilich nie so weit. Nur mir sagte er das. Nicht den anderen. Nicht Claude mit seinen Eimern, noch Jacques mit seinem Liebchen im Dunkeln, auch nicht meiner Mutter mit ihren Gebeten. Er nahm mich auf seine Knie, drückte mich gegen das schwarze Tuch, das nach Alter und Heu roch, und sagte, ich solle mich nicht fürchten bei all den Gerüchten im Dorf, dass jedermann in Paris entweder verhungere oder schon tot sei. »Denk daran, Henri, Christus hat gesagt, er komme nicht, den Frieden zu bringen, sondern das Schwert.«

Als ich heranwuchs und die turbulenten Zeiten ein wenig zur Ruhe kamen, begann Bonaparte sich einen Namen zu machen. Wir nannten ihn schon unseren Kaiser, lang bevor er sich die Krone selbst aufs Haupt setzte. Und auf dem Heimweg von unserer Behelfskirche in der winterlichen Dämmerung blickte der Priester auf die Wagenspur, die in die Ferne führte, hielt meinen Arm fest und flüsterte: »Er wird dich rufen, so wie Gott Samuel rief, und du wirst ihm folgen.«

Am Tag, als er kam, hielten wir keine Übungen ab. Er überraschte uns, wohl mit Absicht, und als der erste erschöpfte

Kurier ins Lager gesprengt kam und uns warnte, dass Bonaparte unterwegs sei und noch vor Mittag eintreffen würde, lümmelten wir uns in Hemdsärmeln herum, tranken Kaffee und spielten Würfel. Die Offiziere gerieten außer sich vor Angst und trieben ihre Leute an, als wären die Engländer selber gelandet. Nichts war für seinen Empfang vorbereitet, das speziell für ihn entworfene Zelt beherbergte zwei Geschütze, und der Koch war sturzbetrunken.

»Du da!« Ein Hauptmann, den ich nicht erkannte, packte mich am Ärmel. »Kümmer dich um die Vögel. Scher dich nicht um deine Uniform, du hast zu tun, während wir Parade abhalten.«

Das war's also, kein Ruhm für mich, nur ein Stapel toter Vögel.

In meinem Zorn füllte ich den größten Kessel, den ich fand, mit eiskaltem Wasser und leerte ihn über dem Koch aus. Dieser rührte sich nicht.

Eine Stunde später, als die Vögel auf ihren Spießen steckten, um der Reihe nach zu garen, kam der Hauptmann sehr erregt zurück und erklärte, dass Bonaparte die Küchen inspizieren wolle. Er war dafür bekannt, sich für alles zu interessieren, was seine Armee betraf, aber dies kam sehr ungelegen.

»Schaff diesen Kerl raus«, befahl der Hauptmann im Hinausgehen. Der Koch wog über zweihundert Pfund, ich kaum hundertzwanzig. Ich versuchte, seinen Oberkörper anzuheben und ihn herauszuzerren, brachte aber nur ein hilfloses Getänzel zu Stande.

Wäre ich ein Prophet gewesen und der Koch der heidnische Abgesandte einer falschen Gottheit – ich hätte zu unserem Herrn beten können, und eine Schar von Engeln hätte ihn fortgetragen. So aber war es Domino, der mir mit wirrem Gerede über Ägypten zu Hilfe kam.

Ich wusste so manches über Ägypten, weil Bonaparte dort gewesen war. Wusste von seinem verhängnisvollen, aber tapferen Feldzug, bei dem er verschont blieb von Seuche und Fieber und meilenweit ohne einen Tropfen Wasser durch den Staub geritten war.

»Wie hätte er's überstanden«, hatte der Priester gesagt, »wenn Gott ihm nicht beistehen würde.«

Domino hatte den Plan, den Koch so aufzurichten, wie die Ägypter ihre Obelisken, mit Hilfe eines Drehbolzens, in unserem Fall eines Ruders. Wir rammten das Ruder unter seinen Rücken und gruben zu seinen Füßen ein Loch.

»Jetzt«, sagte Domino, »unser ganzes Gewicht auf das Ende des Ruders und er richtet sich auf.«

Es war, als hätten wir Lazarus von den Toten auferweckt.

Da stand er nun, und ich zwängte das Ruder unter seinen Gürtel, damit er nicht umfallen konnte.

»Und was nun, Domino?«

Während wir noch zu beiden Seiten dieses Fleischberges standen, öffneten sich die Zeltklappen, und der Hauptmann stolzierte erhobenen Hauptes herein. Alle Farbe wich aus seinem Gesicht, als hätte jemand einen Pfropfen in seine Kehle gesteckt. Er öffnete den Mund, sein Schnurrbart zitterte, doch das war alles.

An ihm vorbei drängte sich Bonaparte.

Er ging zwei Mal um unser Ausstellungsstück herum und fragte, wer das sei.

»Der Koch, Sire. Ein bisschen betrunken, Sire, diese Männer wollten ihn fortschaffen.«

Ich versuchte verzweifelt, zum Bratspieß zu gelangen, wo eins der Hühner schon anzubrennen begann, aber Domino trat vor mich und erklärte in einer rauen Sprache, die, wie er mir später sagte, Bonapartes korsischer Dialekt war, was sich zugetragen hatte und wie wir, nach dem Prinzip seines ägyptischen Feldzugs, unser Bestes getan hatten. Als Domino seine Erklärungen abgeschlossen hatte, kam Bonaparte auf mich zu und kniff mir ins Ohrläppchen, dass es noch tagelang geschwollen war.

»Sehen Sie, Hauptmann«, sprach er, »das ist es, was meine Armee unbesiegbar macht: der Einfallsreichtum und die Entschlossenheit selbst des einfachsten Soldaten.« Der Hauptmann lächelte müde, und Bonaparte wandte sich an mich: »Du wirst große Dinge erleben und schon bald dein Abendessen von den Tellern eines Engländers speisen. Hauptmann, sorgen Sie dafür, dass dieser Junge mich persönlich bedient. Es soll kein schwaches Glied in meiner Armee geben; ich will mich auf meine Diener so verlassen können wie auf meine Generale. Domino, wir reiten heute Nachmittag.«

Ich schrieb meinem Freund, dem Priester, noch am selben Abend. Dies war mehr als ein gewöhnliches Wunder. Ich war auserwählt worden. Ich konnte nicht ahnen, dass der Koch mein Todfeind werden sollte. Bevor es Nacht wurde, hatte fast das ganze Lager von der Geschichte gehört und sie noch ausgeschmückt: dass wir den Koch in einen Graben versenkt, ihn ohnmächtig geschlagen hätten und – was das Tollste war – dass Domino einen Zauber über ihn ausgesprochen hätte.

»Wenn ich nur wüsste, wie«, sagte der. »Wir hätten uns das Graben ersparen können.«

Der Koch, der mit dröhnendem Schädel und übelster Laune nüchtern wurde, konnte sich nirgends sehen lassen, ohne dass irgendein Soldat mit dem Finger auf ihn zeigte oder sich den Bauch vor Lachen hielt. Schließlich kam er zu mir, der ich bei meiner kleinen Bibel hockte, und packte mich am Kragen.

»Du glaubst, dass du in Sicherheit bist, weil Bonaparte dich haben will. Jetzt bist du sicher, aber es werden andere Zeiten kommen.« Er stieß mich gegen einen Zwiebelsack und spuckte mir ins Gesicht. Es dauerte lange, bis ich ihn wieder sah, weil der Hauptmann ihn in die Vorratslager außerhalb Boulognes versetzen ließ.

»Vergiss ihn«, sagte Domino, als wir ihn auf einem Karren fortfahren sahen.

Schwer, sich vorzustellen, dass der heutige Tag nie wiederkommen wird. Dass die Zeit jetzt und der Ort hier ist und dass es in einem Augenblick keine zwei Möglichkeiten gibt. In den Tagen, da sich Bonaparte in Boulogne aufhielt, herrschte bei uns das Gefühl von Dringlichkeit und Gunst. Er stand vor uns auf und legte sich lang nach uns schlafen. Er wohnte unseren Übungen und Manövern bei, um die geplante Unternehmung in allen Einzelheiten selbst zu organisieren. Er spornte uns einzeln an, machte uns Mut. Er streckte seine Hand zum Kanal aus, und es war, als ob England uns schon gehörte. Jedem von uns. Das war sein Geschenk. Er wurde zum Mittelpunkt unseres Lebens. Der Gedanke ans Kämpfen erregte uns. Niemand möchte getötet werden, aber das Elend, die Kälte, die langen Stunden, die Befehle, all das waren Dinge, die wir auf unseren Höfen, in unseren Städten in jedem Fall hätten ertragen müssen. Wir waren keine freien Menschen. Er gab unserer Not einen Sinn.

Die lächerlich flachen Schaluppen, die zu Hunderten gebaut wurden, nahmen die Gewissheit von Galeonen an. Wenn wir ausliefen, um die trügerische Zwanzig-Meilen-Überfahrt zu proben, machten wir keine Witze mehr über Garnelennetze oder über diese Bottiche, die Waschweibern besser dienen würden. Während er am Ufer seine Befehle herausbrüllte, hatten wir unsere Gesichter dem Winde und unsere Herzen ihm zugewandt.

Die Schaluppen sollten sechzig Mann fassen, und es wurde damit gerechnet, dass bei der Überfahrt wohl zwanzigtausend Mann von uns ertrinken oder vor der Landung von den Engländern abgeschossen würden. Bonaparte, der sich gute Chancen ausrechnete, nahm diese Zahlen in Kauf – er war es gewohnt, so viele Soldaten im Kampf zu verlieren. Keiner von uns machte sich Gedanken, einer von den zwanzigtausend zu sein. Wir waren nicht Soldaten geworden, um uns Gedanken zu machen.

Wenn die französische Marine den Kanal nur sechs Stunden hielte, würde er seine Armee landen können, so gab Bonaparte bekannt. Alles schien so lächerlich einfach. Nelson selbst konnte uns nicht sechs Stunden lang überlisten. Wir machten uns über die Engländer lustig und planten schon unsere Reisen dorthin. Ich wollte besonders gern den Londoner Tower besichtigen, weil mir der Priester erzählt hatte, er sei voll von Waisenkindern; Bastarden aristokratischer Herkunft, deren Eltern sich zu sehr schämten, sie zu Hause zu behalten. Wir in Frankreich sind anders, wir heißen unsere Kinder willkommen.

Domino erzählte mir von Gerüchten, wir würden einen Tunnel graben, um wie Maulwürfe aus den Feldern von Kent herauszukrabbeln. »Wir haben eine Stunde gebraucht, um ein fußgroßes Loch für deinen Freund zu graben.«

Es war auch von einer Ballon-Landung die Rede, von einer menschenfeuernden Kanone und von Plänen, das Parlamentsgebäude in die Luft zu sprengen, wie es Guy Fawkes beinahe getan hätte. Die Ballon-Landung wurde von den Engländern besonders ernst genommen, und um uns daran zu hindern, errichteten sie bei den Cinque Ports riesige Türme, um uns von weitem zu erspähen und abschießen zu können.

Alles Unsinn, doch ich glaube, wenn Bonaparte befohlen hätte, uns Flügel anzuschnallen und zum Buckingham Palast zu fliegen – wir wären davongeflogen, so zuversichtlich wie ein Kind, das seinen Drachen steigen lässt.

In den Nächten und Tagen ohne ihn, wenn Staatsgeschäfte ihn in Paris festhielten, unterschieden sich unsere Nächte und Tage nur durch die Lichtmenge, die sie hineinließen. Für mich, der ich niemanden hatte zum Lieben, schien eine Igelgesinnung am günstigsten, und ich versteckte mein Herz in den Blättern.

Ich kam immer schon gut mit Priestern aus, und so war es nicht verwunderlich, dass neben Domino, dem Stallknecht, Patrick, der entamtete Priester mit dem Adlerauge, mein Freund wurde.

1799, als Napoleon noch um die Macht kämpfte, war General Hoche, Held der Schulknaben und früherer Liebhaber von Madame Bonaparte, in Irland gelandet, und es wäre ihm fast gelungen, John Bull auf der Stelle zu besiegen. Während seines Aufenthalts dort hörte er von einem in Ungnade gefallenen

Priester erzählen, dessen rechtes Auge wie deins und meins war, dessen linkes aber das beste Fernglas in den Schatten stellte. Man hatte ihn aus der Kirche gejagt, weil er hoch oben auf dem Glockenturm den jungen Mädchen nachschielte. Welcher Priester tut das nicht? Dank der wundersamen Eigenschaft seines Auges aber war keine weibliche Brust vor Patrick in Sicherheit. Wenn ein Mädchen zwei Dörfer entfernt ihr Mieder ablegte und der Abend klar und die Fensterläden geöffnet waren, hätte sie ebenso gut gleich zu dem Priester gehen und ihre Kleider zu seinen Füßen niederlegen können.

Hoche, ein Mann von Welt, war misstrauisch gegen Altweibergeschwätz und musste doch bald erkennen, dass die Frauen klüger waren als er. Obwohl Patrick den Vorwurf zunächst zurückwies und die Männer über die Weiber mit ihren Fantasien lachten, schlugen die Frauen die Augen nieder und sagten, sie merkten es wohl, wenn sie beobachtet würden. Der Bischof hatte sie ernst genommen, nicht, weil er dem Gerede über Patricks Auge Glauben schenkte, sondern weil er die zarte Haut seiner Chorknaben bevorzugte und die Geschichte äußerst abstoßend fand.

Ein Priester sollte Besseres zu tun haben, als Frauen zu beobachten.

In diesem Netz von Gerüchten gefangen, nahm Hoche den gefallenen Priester mit zum Trinken, bis der Mann kaum mehr stehen konnte, dann zerrte er ihn zu einem kleinen Hügel, von dem sich ein klarer Ausblick meilenweit über das Tal bot. Dort setzten sie sich nieder, und Hoche zog, während Patrick vor sich hin dämmerte, eine rote Fahne heraus und winkte ein paar Minuten damit. Dann stieß er Patrick in die

Rippen, bis dieser erwachte, und sprach, wie man das so zu tun pflegt, über den schönen Abend und die herrliche Landschaft. Aus Höflichkeit gegen seinen Gastgeber bemühte sich Patrick, dem Schwung seiner weit ausholenden Hand zu folgen, indem er murmelte, dass die Iren einen gesegneten Anteil am irdischen Paradies mitbekommen hätten. Doch plötzlich reckte er sich vor, kniff ein Auge zusammen und sagte mit einer Stimme, so leise und feierlich wie die des Bischofs bei der Kommunion: »Schaut Euch das an.«

»Was denn, jenen Falken dort?«

»Den Falken vergesst – aber die da ist kräftig und braun wie eine Kuh.«

Hoche konnte nichts sehen, aber er wusste, was Patrick sah. Er hatte eine Hure dafür bezahlt, dass sie sich in einem Feld, fünfzehn Meilen entfernt, auszog, und hatte in regelmäßigen Abständen seine Leute mit roten Fahnen postiert.

Als er nach Frankreich zurückkehrte, nahm er Patrick mit.

In Boulogne konnte man Patrick gewöhnlich hoch oben auf einer speziell für diesen Zweck errichteten Säule antreffen. Von dort konnte er den Kanal überblicken, vom Verbleib von Nelsons Geschwadern berichten und unsere Truppen vor jeder englischen Bedrohung warnen. Französische Boote, die sich zu weit aus der Hafenumgebung entfernten, konnten leicht von einer scharfen Breitseite getroffen werden, wenn die Engländer mal wieder eine Patrouille losgeschickt hatten. Um uns zu warnen, hatte man Patrick ein Alphorn, groß wie ein Mensch, zur Verfügung gestellt. In Nebelnächten drang dieser melancholische Ton bis hin zu den Felsen von Dover und gab den Gerüchten neue Nahrung, dass Bonaparte den Teufel persönlich als Ausspäher angestellt hätte.

Was empfand er dabei, für die Franzosen zu arbeiten?

Nun, er zog es der Arbeit für die Engländer vor.

Wenn ich Bonaparte nicht aufwarten musste, verbrachte ich so manche Stunde bei Patrick auf der Säule. Die war oben etwa zwanzig auf fünfzehn Fuß breit – genügend Platz zum Kartenspielen. Manchmal kam auch Domino herauf zu einem Boxkampf. Seine ungewöhnliche Körpergröße gereichte ihm zum Vorteil, und obwohl Patrick Fäuste wie Kanonenkugeln hatte, vermochte er nie einen Treffer zu landen, bestand doch Dominos Taktik darin, so lange hin und her zu hüpfen, bis sein Gegner zu ermüden begann. Auf einen günstigen Augenblick lauernd, schlug er nur ein einziges Mal zu, nicht mit den Fäusten, sondern mit beiden Füßen, indem er sich seitwärts oder rücklings hochwarf oder sich von einem blitzschnellen Handstand abstieß. Das waren vergnügliche Wettkämpfe, aber ich habe ihn einmal einen Stier töten sehen, indem er nur gegen seine Stirn sprang.

»Wenn du so klein wärst wie ich, Henri, würdest du lernen, auf dich selbst Acht zu geben, statt dich auf die Gutmütigkeit anderer zu verlassen.«

Mit Ausblick auf den Kanal, ließ ich mir von Patrick die Begebenheiten auf den Decks der englischen Schiffe in allen Einzelheiten erläutern. Er konnte die Admirale mit ihren weißen Gamaschen erkennen und die Matrosen, die in den Takelagen herumkletterten, um die Segel günstig zum Wind zu stellen. Prügelstrafen gab es häufig. Patrick sagte, er sähe den Rücken eines Mannes, der einem Stück rohen Fleisches glich. Man tauchte ihn ins Meer, damit die Wunde sich nicht entzünden würde, und ließ ihn, in die Sonne starrend, an

Deck liegen. Patrick sagte, er könne die Mehlwürmer im Brot erkennen.

Das freilich solltet ihr nicht glauben.

20. Juli 1804. Zu früh für die Morgendämmerung, aber auch keine Nacht mehr.

In den Bäumen, auf See und im Lager herrscht sonderbare Unruhe. Die Vögel und auch wir würden gern noch schlafen und sind doch angespannt bei dem Gedanken ans Aufwachen. Etwa in einer halben Stunde das gewohnte kalte graue Licht. Dann die Sonne. Dann das Kreischen der Möwen über dem Meer. Ich stehe fast täglich um diese Zeit auf. Ich gehe zum Hafen hinunter, um die Schiffe zu beobachten, die wie Hunde angekettet sind.

Ich warte, dass die Sonne die Wasser peitscht.

Die letzten neunzehn Tage waren spiegelglatte Tage. Wir haben unsere Kleider auf den heißen Steinen getrocknet und nicht in den Wind gehängt; heute aber flattern meine Hemdsärmel um meine Arme, und die Schiffe haben schwere Schlagseite.

Heute halten wir Manöver ab. Bonaparte wird in wenigen Stunden eintreffen, um unser Auslaufen zu beobachten. Er will fünfundzwanzigtausend Mann innerhalb von nur fünfzehn Minuten in den Kanal werfen.

Und er wird es tun.

Der Sturm kommt unerwartet. Wenn er zunimmt, wird es unmöglich sein, die Schiffe in den Kanal zu segeln.

Patrick sagt, der Kanal sei voll von Meerjungfrauen. Er sagt, das Verlangen der Jungfrauen nach einem Mann sei schuld daran, dass es so viele Soldaten in die Tiefe ziehe.

Ich frage mich, während ich die weißen Kämme gegen die Schiffe schlagen sehe, ob dieser schreckliche Sturm ihr Werk ist.

Das mag vielleicht gerade noch durchgehen.

Mittag. Der Regen rinnt von unseren Nasen über unsere Jacken in unsere Stiefel. Um mit seinem Nebenmann zu reden, muss man die Hände wie einen Trichter vor den Mund halten. Der Wind hat schon zahlreiche Schaluppen von ihren Leinen gerissen, hat die Männer gezwungen, bis zur Brust in diese tückischen Wasser zu steigen, hat unsere besten Knoten sinnlos gemacht. Die Offiziere sagen, wir können heute keine Übung wagen. Bonaparte, seinen Mantel über den Kopf gezogen, sagt, wir können es. Also werden wir's tun.

20. Juli 1804. Zweitausend Mann sind heute ertrunken.
Bei Böen so heftig, dass Patrick als Ausspäher an Fässer mit Äpfeln gebunden werden musste, haben wir erfahren, dass unsere Schaluppen letztlich nur Kinderspielzeuge sind. Bonaparte stand am Ufer und erklärte seinen Offizieren, dass kein Sturm dieser Welt uns besiegen könne.

»Selbst wenn der Himmel herunterfiele, würden wir ihn mit unseren Lanzenspitzen aufhalten.«

Mag sein. Doch es gibt keinen Willen und keine Waffe, die das Meer aufhalten kann.

Ich lag neben Patrick, wie er festgeschnallt, und konnte bei all der Gischt kaum etwas sehen, doch in jeder Lücke, die der Sturm ließ, sah ich eine andere Lücke, wo vorher ein Schiff gewesen war.

Die Meerjungfrauen würden nicht mehr einsam sein.

Wir hätten uns gegen ihn wenden, ihm ins Gesicht lachen sollen, hätten ihm das Seetanghaar der toten Männer ins Gesicht schleudern sollen. Doch sein Gesicht fleht uns immer an, ihm Recht zu geben.

Nachts, als der Sturm nachgelassen hatte und wir in durchnässten Zelten bei unserem dampfend heißen Kaffee saßen, sagte keiner von uns, was er dachte.

Keiner sagte, wir wollen ihn verlassen, wollen ihn hassen. Wir hielten unsere Tassen mit beiden Händen umfasst und tranken unseren Kaffee mit der Schnapsration, die er jedem von uns hatte zuteilen lassen.

Ich musste ihn in jener Nacht bedienen, und sein Lächeln schob all den Wahnsinn von Armen und Beinen beiseite, die sich in meine Ohren und meinen Mund hineinschoben.

Ich war unter toten Soldaten begraben.

Am Morgen rückten zweitausend neue Rekruten in Boulogne ein.

Denkst du jemals an deine Kindheit?

Ich denke daran, wenn ich Haferbrei rieche. Manchmal, wenn ich vom Hafen komme, gehe ich durch die Stadt und spüre mit meiner Nase frisches Brot und Speck auf. Immer wenn ich an einem Haus vorbeikomme, das wie die übrigen in einer Reihe steht und sich durch nichts von den anderen zu unterscheiden scheint, bekomme ich den trägen Geruch von Hafer in die Nase. Süß, aber mit einem Hauch von Salz. Dick wie eine Decke. Ich weiß nicht, wer in dem Haus wohnt, wer am Herd steht, aber ich stelle mir das gelbe Feuer und den schwarzen Kessel vor. Bei uns zu Hause benutzten wir einen Kupferkessel, den ich blank putzte, weil ich gerne alles poliere, was glänzen kann. Wenn meine Mutter Haferbrei kochte, ließ sie den Hafer nachts über dem erlöschenden Feuer stehen. Am Morgen, wenn ihr Blasebalg die Funken wieder in den Kamin stieben ließ, bräunte der Hafer an den Seiten an, so dass die Flocken wie braunes Papier aussahen, während das Innere weiß über den Rand quoll.

Unser Fußboden war gefliest, doch im Winter gab sie Heu darüber, und das Heu und der Hafer ließen uns nach Futterkrippen riechen.

Die meisten meiner Kameraden aßen heißes Brot zum Frühstück.

Ich war glücklich, aber glücklich ist ein Erwachsenenwort. Kinder brauchst du nicht zu fragen, ob sie glücklich sind, du siehst es. Entweder sie sind es oder nicht. Die Erwachsenen reden über das Glücklichsein, weil sie's meistens nicht sind. Darüber zu reden ist so, als wolltest du den Wind einfangen. Viel leichter ist es, ihn über dich hinwegblasen zu lassen. Hier stimme ich nicht mit den Philosophen überein. Sie reden über leidenschaftliche Dinge, doch es ist keine Leidenschaft in ihnen. Sprich nie mit einem Philosophen über das Glück.

Doch ich bin kein Kind mehr, und oft entzieht sich auch mir das Himmelreich. Jetzt schlüpfen Worte und Ideen stets zwischen mich und das Gefühl. Selbst das Gefühl, glücklich zu sein, das unser Geburtsrecht ist.

Heute Morgen rieche ich den Hafer und sehe einen kleinen Jungen, der sein Spiegelbild in einem blank polierten Kupferkessel betrachtet. Sein Vater kommt lachend hinzu und bietet ihm seinen Rasierspiegel an. Doch in dem Rasierspiegel kann der Junge nur ein Gesicht sehen. In dem Kessel dagegen kann er alle Verzerrungen seines Gesichts sehen. Er sieht viele mögliche Gesichter, und so sieht er, was einst aus ihm werden kann.

Die Rekruten sind eingetroffen, die meisten ohne Lippenbart und alle mit Äpfeln in den Wangen. Frische Landerzeugnisse wie ich. Ihre Gesichter sind offen und eifrig. Man hat sich ihretwegen Umstände gemacht, hat sie eingekleidet und ihnen Pflichten zugeteilt, um das Brüllen nach dem Milcheimer und das Quieken der Schweine zu ersetzen. Die Offiziere schütteln ihnen die Hand; eine Erwachsenengeste, auch das.

Niemand spricht vom gestrigen Manöver. Wir sind trocken, die Zelte trocknen, die vollgesogenen Schaluppen liegen umgedreht zum Trocknen am Strand. Das Meer ist unschuldig, und Patrick auf seiner Säule rasiert sich in aller Ruhe. Die Rekruten werden Regimentern zugeteilt, Freunde werden grundsätzlich getrennt. Dies ist ein Neubeginn. Diese Knaben sind Männer.

Was sie an Erinnerungen an ihr Zuhause mitgebracht haben, wird bald verloren oder verzehrt sein.

Merkwürdig, was ein paar Monate ausmachen können. Als ich hierher kam, war ich wie sie, bin es in vielerlei Hinsicht noch, aber meine Kameraden sind nicht mehr die scheuen Burschen mit Kanonenfeuern in den Augen. Sie sind härter, rauer. Das kommt, wirst du sagen, vom Leben in der Armee. Doch es kommt noch von etwas anderem, etwas, das schwer zu erklären ist.

Als wir hierher kamen, kamen wir von unseren Müttern und unseren Liebchen. Wir waren noch immer an unsere Mütter mit ihren rauen Arbeitshänden gewöhnt, die den Stärksten von uns verprügeln konnten und unsere Ohren klingeln ließen. Wir umwarben unser Liebchen auf die ländliche Weise. Langsam wie die Felder, die der Ernte entgegenreifen. Heftig wie die Pflugscharen, die unsere Erde furchen. Hier, ohne Mädchen, nur mit unserer Fantasie und einer Hand voll Huren, können wir uns nicht vorstellen, was es ist an einer Frau, das einen Mann durch Leidenschaft in etwas Heiliges verwandeln kann. Wieder Bibelworte, doch ich denke an meinen Vater, der an jenen sonnenheißen Abenden seine Augen beschattete und es lernte, sich Zeit zu lassen mit meiner Mutter. Ich dachte an meine Mutter mit ihrem lärmenden Herzen und an all die Frauen auf den Feldern, die auf die Männer warteten, die gestern ertrunken sind, und an all die Söhne, die ihre Stelle einnehmen.

Wir denken hier nicht an sie. Wir denken an ihre Körper, und hier und da reden wir von zu Hause, doch wir denken nicht an die unseren, so, wie sie sind. Die Redlichsten, die Meistgeliebten, die Wohlbekannten.

Die Zeit geht weiter, auch bei ihnen. Was immer wir machen oder zunichte machen, die Zeit geht weiter, auch bei ihnen.

Es gab einen Mann in unserem Dorf, der sich für einen Erfinder hielt. Er verbrachte viele Stunden damit, aus Rollen, Seilstücken und Holzresten Gerätschaften zu machen, mit denen man eine Kuh hochheben konnte, oder Rohre zu legen, die das Flusswasser direkt ins Haus brachten. Er war ein Mann mit Licht in der Stimme, stets freundlich zu seinen Nachbarn. An Enttäuschungen gewöhnt, verstand er es, die Enttäuschungen anderer zu lindern. Und in einem Dorf, das von Sonne und Regen abhängt, gibt es so manche Enttäuschung.

Und während er Neues und immer wieder Neues erfand und uns erheiterte, bestellte seine Frau, die nie etwas sagte außer »das Essen ist fertig«, die Felder und führte den Haushalt und zog, da der Mann das Bett liebte, bald auch noch sechs Kinder groß.

Einmal ging er für ein paar Monate in die Stadt, um dort sein Glück zu versuchen, und als er zurückkam, ohne Glück und ohne ihre Ersparnisse, saß sie still in einem sauberen Haus, flickte saubere Kleider, und die Felder waren fürs nächste Jahr bestellt.

Glaubt mir, ich hatte ihn gern, unseren Erfinder, und es wäre töricht zu sagen, dass er nicht arbeitete, dass wir seine zuversichtliche Art nicht brauchten. Aber als sie eines Mittags ganz unerwartet starb, erlosch das Licht in seiner Stimme, seine Rohre füllten sich mit Schlamm, und er konnte kaum die Ernte einbringen oder gar seine Kinder aufziehen.

Sie hatte ihn möglich gemacht. In diesem Sinn war sie sein Gott.

Wie Gott hat man sie vernachlässigt.

Die neuen Rekruten weinen, wenn sie hierher kommen, und denken an ihre Mütter und ihre Liebchen und dass sie nach Hause zurück möchten. Sie erinnern sich an all das, was ihre Herzen an Zuhause bindet; kein Gefühl oder Schein, sondern Gesichter, die sie lieben. Die meisten von ihnen zählen kaum siebzehn Lenze, und doch wird von ihnen verlangt, in wenigen Wochen zu lernen, was die besten Philosophen ein Leben lang quält: ihre Leidenschaft fürs Leben zu sammeln und ihm im Angesicht des Todes einen Sinn zu geben.

Sie wissen nicht zu leben, aber sie wissen, wie man vergisst, und nach und nach erlischt der brennende Sommer in ihren Körpern, und alles, was ihnen bleibt, ist gieriges Verlangen und Wut.

Es war nach der Katastrophe auf See, dass ich ein Tagebuch zu schreiben begann. Ich tat es, um nicht zu vergessen. Um später, wenn ich am Feuer sitzen und zurückblicken würde, etwas Klares und Sicheres gegen die Listen meines Gedächtnisses in Händen zu haben. Ich erzählte Domino davon, und der sagte: »Wie du es heute siehst, ist genauso wenig wahr, wie du's später sehen wirst.«

Ich konnte ihm nicht beistimmen. Ich wusste doch, wie alte Männer verklären und lügen und die Vergangenheit stets als die Beste darstellen, weil sie vorüber ist. Hatte das nicht Bonaparte selbst gesagt?

»Schau dich doch an«, sagte Domino, »ein junger Mann, von einem Priester und einer frommen Mutter erzogen, ein junger Mann, der keine Muskete nehmen und ein Kaninchen töten kann. Wie kommst du darauf, dass du irgendetwas klar sehen kannst? Was gibt dir das Recht, Notizen zu machen und sie mir in dreißig Jahren, sollten wir dann noch leben, unter die Nase zu halten und zu sagen, dass du die Wahrheit gefunden hast?«

»Ich mache mir nichts aus den Tatsachen, Domino, ich will nur wissen, was ich fühle. Was ich fühle, wird sich ändern, aber ich will mich daran erinnern.«

Er zuckte mit den Schultern und ging. Er sprach nie über die Zukunft und nur manchmal, wenn er betrunken war, über seine erstaunliche Vergangenheit. Eine Vergangenheit, voll von Frauen in paillettenbestickten Kleidern, von Pferden mit zwei Schweifen und einem Vater, der sein Brot damit verdiente, dass er sich von einer Kanone abfeuern ließ. Er stammte irgendwo aus Osteuropa, und seine Haut hatte die Farbe alter Oliven. Wir wussten nur, dass er vor Jahren irrtümlich nach Frankreich gekommen war und Joséphine vor den Hufen eines durchgegangenen Pferdes gerettet hatte. Sie nannte sich damals noch schlicht Madame Beauharnais, war eben aus den schmutzigen Kerkern von Carmes gekommen und kürzlich Witwe geworden. Ihr Gemahl war während der Schreckensherrschaft hingerichtet worden, und sie war nur verschont geblieben, weil an dem Morgen, an dem sie ihm folgen sollte, Robespierre ermordet worden war. Domino nannte sie eine Dame von herausragender Klugheit und behauptete, dass sie in ihren mittellosen Tagen Offiziere zum Billardspiel herausgefordert hätte. Wenn sie verlöre, könnten sie zum Frühstück bleiben. Wenn sie gewänne, müssten sie eine ihrer dringendsten Rechnungen begleichen.

Sie verlor nie.

Jahre später hatte sie Domino ihrem neuen Gemahl empfohlen, der dringend einen Pferdeknecht suchte, und sie hatten ihn als Feuerschlucker in einem Zirkus aufgestöbert. Seine Treue und Ergebenheit zu Bonaparte war wechselhaft, aber er liebte Joséphine und die Pferde.

Er erzählte mir von den Wahrsagern, die er gekannt hatte und zu denen jede Woche Menschenmengen strömten, um sich aus der Hand oder aus den Karten die Zukunft voraussagen oder die Vergangenheit aufdecken zu lassen. »Aber eines sag ich dir, Henri, jeder Augenblick, den du der Gegenwart stiehlst, ist für immer verloren. Es gibt nur das Jetzt.«

Ich hörte nicht auf ihn und arbeitete weiter an meinem Buch, und im August, als die Sonne das Gras gelb färbte, kündigte Bonaparte seine Krönung im kommenden Dezember an.

Ich bekam sofort Urlaub. Er sagte mir, er wolle mich danach wieder bei sich haben. Sagte mir, wir würden große Taten vollbringen. Sagte mir, er sähe beim Essen gerne ein lächelndes Gesicht. So geht es mir immer; entweder man nimmt mich nicht zur Kenntnis, oder man zieht mich ins Vertrauen. Früher glaubte ich, das sei nur bei Priestern so, denn die sind heftiger als gewöhnliche Leute. Es sind nicht nur die Priester, es muss irgendetwas an meinem Aussehen sein.

Als ich anfing, direkt für Napoleon zu arbeiten, kam es mir vor, als spräche er nie so, wie du oder ich sprechen würden, sondern als wäre jeder Satz wie ein großer Gedanke. Ich schrieb sie alle auf, und erst später kam mir zu Bewusstsein, wie sonderbar die meisten waren. Doch wenn ich ehrlich bin, muss ich gestehen, dass ich weinte, wenn ich ihn reden hörte. Sogar später, als ich ihn hasste, konnte er mich weinen machen. Aber nicht aus Furcht. Er war groß. Größe wie seine ist nur schwer mit Vernunft zu beurteilen.

Ich brauchte eine Woche, um nach Hause zu kommen, ritt, wo ich konnte, und ging den Rest zu Fuß. Nachrichten über die Krönung verbreiteten sich, und am Lächeln der Menschen, mit denen ich reiste, erkannte ich, wie man das Ereignis begrüßte. Keiner von uns dachte daran, dass wir noch vor fünfzehn Jahren dafür gekämpft hatten, Könige für immer abzuschaffen, und dass wir geschworen hatten, nie wieder zu kämpfen, es sei denn zur Selbstverteidigung. Jetzt wollten wir einen Herrscher, und er sollte die ganze Welt beherrschen. Wir sind da keine Ausnahme.

In meiner Soldatenuniform wurde ich freundlich behandelt, bekam überall Unterkunft und an Verpflegung nur das Beste, was die Ernte brachte. Ich erzählte dafür Geschichten aus dem Lager in Boulogne, und wie wir die feigen Engländer auf ihren Schiffen am anderen Kanalufer zittern sahen. Ich schmückte meine Erzählungen aus, erfand vieles hinzu und log sogar. Warum auch nicht? Ich machte sie glücklich damit. Von den Männern, die sich mit den Meerjungfrauen vermählt hatten, erzählte ich nicht. Alle Bauernburschen hätten sich lieber heute als morgen zu den Waffen gemeldet, aber ich riet ihnen, bis nach der Krönung zu warten.

»Wenn euer Kaiser euch braucht, wird er euch rufen. Inzwischen arbeitet zu Hause für Frankreich.«

Das gefiel natürlich den Frauen.

Ich war sechs Monate fort gewesen. Als ich von dem Karren, der mich mitgenommen hatte, eine Meile vor meinem Dorf ausstieg, wollte ich fast umkehren. Ich hatte Angst. Angst, dass alles anders sein würde, dass ich nicht willkommen wäre. Der Reisende möchte immer, dass zu Hause alles bleibt, wie es war. Er selbst aber hofft, sich zu verändern, zurückzukehren mit einem wilden Bart oder Geschichten von einem wunderbaren Leben, in dem die Flüsse voller Gold sind und das Wetter mild ist. Ich kannte Hunderte solcher Geschichten, doch ich wollte im Voraus wissen, dass meine Zuhörerschaft schon Platz genommen hatte. Ich mied den üblichen Pfad und schlich wie ein Dieb in mein Dorf. Ich hatte schon für mich entschieden, was sie gerade tun sollten. Dass meine Mutter auf dem Kartoffelacker wäre und mein Vater im Kuhstall. Ich wollte den Hügel hinabbrennen, und dann würden wir feiern. Sie konnten nicht wissen, dass ich kam. Keine Nachricht konnte sie in einer Woche erreicht haben.

Ich hielt Ausschau. Sie waren beide auf dem Feld. Meine Mutter, die Hände in die Hüften gestemmt, den Kopf zurückgelegt, beobachtete, wie die Wolken sich am Himmel zusammenballten. Sie erwartete Regen. Sie machte ihre Pläne entsprechend dem Regen. Neben ihr stand ruhig mein Vater, in jeder Hand einen Sack. Als ich klein war, habe ich meinen Vater so wie heute mit zwei Säcken gesehen, aber die waren voll blinder Maulwürfe, in den Barthaaren noch der Lehm. Sie waren tot. Wir fingen sie, weil sie die Felder zerstörten, aber das wusste ich damals nicht, ich wusste nur, dass mein Vater sie getötet hatte. Meine Mutter zog mich, starr vor Kälte von meiner Nachtwache, fort. Am Morgen waren die Säcke verschwunden. Seither habe ich sie selber getötet, aber nur indem ich wegschaute.

Mutter. Vater. Ich liebe euch.

In den Nächten blieben wir lange wach, tranken von Claudes selbst gebranntem Schnaps und saßen noch beieinander, wenn das Feuer schon die Farbe welkender Rosen annahm. Meine Mutter erzählte vergnügt von ihrer Kindheit, sie schien zu glauben, dass, mit einem Herrscher auf dem Thron, vieles wiederhergestellt sein würde. Sie sprach sogar davon, ihren Eltern zu schreiben. Sie wusste, dass sie die Rückkehr eines Monarchen begrüßen würden. Ich war überrascht, hatte gedacht, sie hätte immer die Bourbonen unterstützt. Dadurch, dass er Kaiser wurde, konnte doch dieser Mann, den sie gehasst hatte, nicht einer werden, den sie liebte.

»Er tut recht, Henri. Ein Land braucht einen König und eine Königin. Zu wem sollten wir sonst aufschauen?«

»Du kannst zu Bonaparte aufschauen. König oder nicht.«

Aber sie konnte es nicht. Das wusste er. Es war nicht nur Eitelkeit, die diesen Mann auf den Thron hob.

Wenn meine Mutter von ihren Eltern sprach, so hegte sie dieselben Hoffnungen wie der Reisende, der heimkehrt. In ihrer Vorstellung war alles unverändert, sie beschrieb die Einrichtung, als ob in den zwanzig Jahren nichts von seinem Platz gerückt, nichts zerbrochen wäre. Der Bart ihres Vaters hatte noch dieselbe Farbe. Ich verstand ihre Hoffnungen. Wir alle hatten Hoffnungen, die wir auf Bonaparte setzten.

Die Zeit ist ein großer Beschwichtiger. Die Menschen werden alt und vergessen. Sie sprach von ihren Eltern, denen zu entkommen sie ihr Leben aufs Spiel gesetzt hatte, jetzt mit Zärtlichkeit und Liebe. Hatte sie wirklich vergessen? Hatte die Zeit ihren Zorn gedämpft?

Sie schaute mich an. »Seit ich alt werde, bin ich nicht mehr so gierig. Ich nehme, was da ist, und frag mich nicht länger, woher es kommt. Es macht mir Freude, an sie zu denken und sie zu lieben. Das ist alles.«

Mein Gesicht brannte. Welches Recht hatte ich, sie herauszufordern? Das Licht in ihren Augen zu löschen und sie sich töricht und sentimental fühlen zu lassen? Ich kniete vor ihr nieder, den Rücken zum Feuer, meine Brust auf ihren Knien. Sie griff zu ihrer Stopfkugel. »Du bist so, wie ich war«, sagte sie. »Ungeduldig mit einem schwachen Herzen.«

Es regnete tagelang. Dünner Regen, der dich in einer halben Stunde durchnässt ohne das Ungestüm eines Sturzbaches. Ich ging von Haus zu Haus, plauderte mit Freunden, half, wo es etwas zu flicken oder einzuholen gab. Mein Freund, der Priester, war auf einer Pilgerfahrt, und ich hinterließ ihm lange Briefe von der Art, wie ich sie gerne empfangen würde.

Ich liebe das frühe Dunkel. Es ist gesellig, noch nicht Nacht. Niemand fürchtet sich, allein ohne Laterne zu gehen. Die Mädchen singen auf ihrem Heimweg vom letzten Melken, und wenn ich aus meinem Versteck springe, schreien sie und jagen mich, aber es ist kein Herzklopfen dabei. Ich weiß nicht, warum ein Dunkel so verschieden von einem anderen sein kann. Das richtige Dunkel ist dicker und stiller, es kriecht zwischen deine Jacke und dein Herz. Es dringt dir in die Augen. Wenn ich spät in der Nacht draußen sein muss, sind es nicht die Messer und die Fäuste, vor denen ich mich fürchte, obwohl es genug davon gibt hinter den Mauern und Hecken. Ich fürchte mich vor dem Dunkel. Du, der du so fröhlich pfeifend deines Weges gehst, bleib fünf Minuten stehen. Steh still im Dunkeln auf dem Feld oder auf dem Pfad. Dann wirst du erkennen, dass du dort nur geduldet bist. Das Dunkel lässt dich nur einen Schritt auf einmal tun. Tu einen Schritt, und das Dunkel schließt sich hinter deinem Rücken wieder. Vor dir ist kein Platz für dich, bis du ihn eingenommen hast. Dunkelheit ist absolut. Im Dunkeln gehen ist wie schwimmen unter Wasser, nur dass du nicht auftauchen kannst, um Luft zu holen.

Lieg still in der Nacht, und das Dunkel fühlt sich weich an wie das Fell des Maulwurfs. Wir auf dem Lande sind auf den Mond angewiesen, und wenn er nicht da ist, kann kein Licht durchs Fenster dringen – es ist zugemauert wie mit pechschwarzen Steinen. Fühlt es sich so auch für den Blinden an?

Ich hatte es früher geglaubt und wurde eines anderen belehrt. Ein blinder Hausierer, der uns regelmäßig aufsuchte, lachte über meine Geschichten vom Dunkel und sagte, die Dunkelheit sei seine Ehegefährtin. Wir kauften unsere Eimer bei ihm und gaben ihm in der Küche zu essen. Er hat nie seine Suppe verschüttet oder seinen Mund verfehlt wie ich. »Ich kann sehen«, sagte er, »aber ich brauche dazu keine Augen.«

Er sei im letzten Winter gestorben, sagte meine Mutter.

Jetzt ist frühe Dämmerung, und der letzte Abend meines Urlaubs. Wir werden nichts Außergewöhnliches tun. Wir wollen nicht daran denken, dass ich wieder fort muss.

Ich habe meiner Mutter versprochen, dass sie bald nach der Krönung nach Paris kommt. Ich bin selber noch nie da gewesen, und der Gedanke daran macht mir den Abschied leichter. Domino wird da sein und sein riesenhaftes Pferd striegeln und die wilde Bestie lehren, mit den anderen Tieren des Hofes in Reih und Glied zu gehen. Warum Bonaparte darauf besteht, dieses Pferd bei einer so wichtigen Angelegenheit mitzuführen, ist mir unverständlich. Es ist ein Reittier für einen Soldaten, kein Paradepferd. Doch er erinnert uns immer wieder daran, dass er auch ein Soldat ist.

Als Claude schließlich zu Bett gegangen war und wir allein beisammen saßen, sprachen wir nicht. Wir hielten uns bei den Händen, bis der Docht erlosch, und dann waren wir im Dunkeln.

Nie hatte Paris so viel Geld gesehen.

Die Bonapartes ließen alles bestellen, von der Sahne bis zu David. David, der Napoleon geschmeichelt hatte, indem er seinen Kopf ein echtes Römerhaupt nannte, wurde beauftragt, die Krönung zu malen, und man konnte ihn täglich in Notre-Dame antreffen, wo er Skizzen anfertigte und mit den Arbeitern herumstritt, die versuchten, die Zerstörungen von Revolution und Bankrott zu beseitigen. Joséphine, die mit der Blumendekoration betraut worden war, gab sich nicht mit Vasen und Arrangements zufrieden. Sie hatte einen Plan des Festzuges vom Palast bis zur Kathedrale aufgezeichnet und war mit ihrem vergänglichen Meisterwerk ebenso intensiv beschäftigt wie David mit dem seinen. Ich begegnete ihr das erste Mal am Billardtisch, wo sie gegen Monsieur Talleyrand spielte, einem Herrn mit wenig Talent für die Kugeln. Mit ihrem Kleid, das, ausgebreitet, den ganzen Weg bis zur Kathedrale bedeckt hätte, beugte und bewegte sich Joséphine, als wenn sie gar nichts angehabt hätte, und machte anmutige Linien mit ihrem Queue. Bonaparte hatte mich als Lakaien einkleiden lassen und mich beauftragt, Ihrer Hoheit einen Nachmittagsimbiss zu servieren. Sie bevorzugte Melone um vier. Für Talleyrand war Portwein vorgesehen.

Die Ferienstimmung Napoleons artete fast in Schamlosigkeit aus. Zum Abendessen vor zwei Tagen erschien er als Papst gekleidet und fragte Joséphine lüstern, wie intim sie mit Gott sein wolle. Ich starrte auf die Hühner.

Jetzt hatte man mich aus meiner Soldatenuniform in ein Hofkleid gesteckt. Unerträglich eng. Er fand das zum Lachen. Er lachte gern. Das war seine einzige Erholung, abgesehen von diesen immer heißeren Bädern, die er zu jeder Tages- und Nachtzeit nahm. Das Personal des Baderaumes lebte in derselben Hektik wie das Küchenpersonal. Jeden Augenblick konnte er nach heißem Wasser verlangen, und wehe dem

Diensthabenden, wenn die Wanne nicht auf der Stelle gefüllt war, grad so heiß, wie er's wünschte. Ich hatte den Baderaum nur ein Mal gesehen. Ein riesiger Raum mit einer Wanne so groß wie ein Kriegsschiff und einem gewaltigen Ofen in einer Ecke, in dem das Wasser erhitzt, eingelassen, zurückgeschüttet und immer wieder erhitzt wurde bis zu dem Augenblick, da er es verlangte. Die Bediensteten wurden unter den besten Ringkämpfern Frankreichs ausgewählt. Burschen, die mit den Kupferkesseln wie mit Teetassen umgehen konnten, arbeiteten dort, nackt bis zur Taille, nur mit Matrosen-Kniebundhosen bekleidet, die den Schweiß auffingen und ihn in dunklen Streifen die Waden hinunterlaufen ließen. Wie Matrosen bekamen sie ihre Rationen Schnaps, aber woraus der hergestellt wurde, weiß ich nicht. Der größte von ihnen, André, bot mir einen Schluck aus seiner Flasche an, als ich den Kopf zur Tür reinsteckte, den Atem anhaltend wegen des Dampfes und dieses gewaltigen Mannes, der wie ein dienstbarer Geist aus den Märchen aussah. Aus Höflichkeit nahm ich an, spuckte aber das braune, wie Feuer brennende Zeug auf die Fliesen. Er zwickte mich in den Arm so wie der Koch in seine Spaghettifäden und sagte, je größer die Hitze desto heißer das Getränk.

»Warum, glaubst du, trinken die alle den Rum in Martinique?«, meinte er zwinkernd und ahmte den Gang Ihrer Hoheit nach. Nun stand sie vor mir, und ich war zu schüchtern, die Melone anzukündigen.

Talleyrand hüstelte.

»Ich verfehle sie nicht, auch wenn Ihr noch so knurrt«, sagte sie.

Er hüstelte erneut, und sie schaute auf, und als sie mich dastehen sah, legte sie den Queue beiseite und nahm mir das Tablett ab.

»Ich kenne alle Diener, aber diesen nicht.«

»Ich bin aus Boulogne, Majestät. Ich bin hier, um die Hühner zu servieren.«

Sie lachte, und ihre Augen glitten meine Gestalt auf und ab.

»Du bist nicht wie ein Soldat gekleidet.«

»Nein, Majestät, man hat mir befohlen, mich als Hofdiener zu kleiden, jetzt, da ich am Hof bin.«

Sie nickte. »Ich meine, du solltest dich kleiden, wie es dir gefällt. Ich werde ihn fragen. Würdest du nicht lieber mich bedienen? Melonen sind so viel süßer als Hühner.«

Ich war entsetzt. War ich den weiten Weg hierher gekommen, nur um ihn zu verlieren?

»Nein, Majestät. Melonen kann ich nicht. Ich kann nur Hühner. Dafür wurde ich ausgebildet.«

(Ich rede wie ein Straßenjunge.)

Einen Augenblick ließ sie ihre Hand auf meinem Arm ruhen, und ihre Augen blitzten auf.

»Ich sehe, wie diensteifrig du bist. Geh jetzt.«

Dankbar und unter Verbeugungen zog ich mich zurück und eilte in den Dienertrakt, wo ich ein eigenes kleines Zimmer habe, ein Sonderrecht, weil ich sein persönlicher Diener bin. Dort bewahrte ich meine wenigen Bücher, eine Flöte und mein Tagebuch auf. Ich schrieb über sie oder versuchte es. Sie entzog sich mir so, wie sich die Huren in Boulogne mir entzogen hatten. Ich beschloss, stattdessen über Napoleon zu schreiben.

Später wurde ich von einem Bankett zum nächsten geschickt, da von all unseren eroberten Gebieten Vertreter kamen, um dem Kaiser zu gratulieren. Während sich die Gäste an seltenem Fisch und Kalbfleisch in neu erfundenen Saucen erfreuten, blieb er bei seinen Hühnern, von denen er jeden Abend ein ganzes verzehrte und dabei gewöhnlich die Gemüse vergaß. Niemand äußerte sich jemals dazu. Er brauchte nur zu husten, und die ganze Tischgesellschaft verstummte. Ab und zu fing ich den Blick Ihrer Majestät auf, die mich zu beobachten schien, aber wenn unsere Augen sich trafen, lächelte sie auf ihre besondere Art, und ich senkte schnell meinen Blick. Schon sie anzuschauen, war ein Unrecht an ihm. Sie gehörte ihm. Ich beneidete sie darum.

In den folgenden Wochen plagte ihn die krankhafte Furcht, vergiftet oder ermordet zu werden – Furcht nicht um seinetwillen, sondern weil die Zukunft Frankreichs auf dem Spiele stand. Er ließ mich alle Speisen vorkosten, bevor er sie anrührte, und verdoppelte seine Wachen. Es ging das Gerücht, dass er sogar sein Bett untersuchte, bevor er schlief. Nicht dass er viel schlief. Er war da wie ein Hund, er konnte seine Augen schließen und sofort zu schnarchen anfangen, aber wenn sein Geist angeregt war, konnte er tagelang wach bleiben, während um ihn herum Generale und Freunde zusammenbrachen.

Ganz plötzlich, Ende November, und nur zwei Wochen vor der Krönung, schickte er mich nach Boulogne zurück. Er sagte, mir fehle eine richtige Soldatenausbildung und dass ich ihm besser dienen würde, wenn ich mit der Muskete so gut umgehen könne wie mit dem Tranchiermesser. Vielleicht sah er, wie ich errötete, vielleicht kannte er meine Gefühle, er durchschaute die meisten Menschen. Er kniff mich auf seine gewohnte Art ins Ohrläppchen, dass mir die Tränen in die

Augen schossen, und versprach mir fürs neue Jahr eine besondere Aufgabe.

So verließ ich denn diese Traumstadt, als sie sich eben zu vollster Pracht zu entfalten begann, und erfuhr nur aus zweiter Hand von dem unerhörten Morgen, als Napoleon dem Papst die Krone entriss und sich selbst aufs Haupt setzte, bevor er Joséphine krönte. Man erzählt, dass er Madame Clicquots gesamten Jahresvorrat aufkaufte. Diese kann, da ihr Gemahl kürzlich gestorben ist und die ganze Last des Geschäfts auf ihren Schultern ruht, die Rückkehr eines Königs nur begrüßt haben. Sie war nicht die Einzige. Drei Tage lang öffnete Paris jede Tür und entzündete jeden Kronleuchter. Nur die Alten und Kranken gingen zu Bett, bei allen anderen herrschte Trunkenheit, Tollheit und Freude. (Ich schließe den Adel aus, aber der ist nicht maßgebend.)

In Boulogne musste ich zehn Stunden am Tag bei schlimmstem Wetter exerzieren und schlüpfte abends todmüde in mein feuchtes Zelt unter ein paar unzureichende Decken. Unsere Versorgung war immer gut gewesen, aber in meiner Abwesenheit hatten sich Tausende von Männern zu den Waffen gemeldet – durch die Messen von Napoleons eifriger Geistlichkeit in dem Glauben gehalten, dass die Straße zum Himmel zunächst die nach Boulogne sei. Kein Mann war von der Wehrpflicht befreit. Es lag in den Händen der Rekrutierungsoffiziere zu entscheiden, wer bleiben sollte und wer gehen musste. Bis Weihnachten war das Lager auf hunderttausend Mann angeschwollen, und noch weitere wurden erwartet. Wir rannten mit Bündeln umher, die über vierzig Pfund wogen, wateten ins Meer und wieder heraus, bekämpften uns Mann gegen Mann und bedienten uns von jedem erreichbaren Acker, um unseren Hunger zu stillen. Aber auch so war es nicht genug, und trotz Napoleons Abneigung gegen Versorgungslieferanten bekamen wir das meiste Fleisch aus ungenannten Regionen und von Tieren, die Adam nicht wieder erkennen würde. Zwei Pfund Brot, vier Unzen Fleisch und vier Unzen Gemüse bekamen wir täglich zugeteilt. Wir stahlen, was wir konnten, gaben unseren Sold, solange er reichte, für Wirtshausessen aus und richteten schlimme Verwüstungen in den umliegenden Gemeinden an. Napoleon selbst gab den Befehl, dass *vivandières* in besondere Lager geholt wurden. *Vivandière*, das ist ein optimistisches Wort; es waren Huren, die keinen Grund hatten, *vivant* zu sein. Ihre Ernährung war oft noch schlechter als unsere und ihr Lohn erbärmlich. Die gut gepolsterten Stadthuren erbarmten sich ihrer und kamen oft mit Decken und Brotlaiben in die Lager. Die *vivandières* waren Ausreißerinnen, Streunerinnen, junge Töchter zu großer Familien, Dienstmägde, die es nicht länger an ihre betrunkenen Herren verschenken wollten, und alte fette Frauen, die ihrem Gewerbe anderswo nicht mehr nachgehen konnten. Bei ihrer Ankunft bekam jede Unterwäsche und ein Kleid, so ausgeschnitten, dass ihnen in den eisigen Seesalztagen fast die Brüste blau froren. Auch Umhängetücher wurden verteilt, doch jede Frau, die im Dienst eingehüllt vorgefunden wurde, konnte gemeldet und bestraft werden. Bestraft, das bedeutete, eine Woche kein Geld, anstatt kaum welches. Im Gegensatz zu den Stadthuren, die sich gegenseitig schützten und berechneten, was sie wollten (und sicher abhängig von der Person berechneten), waren die *vivandières* verpflichtet, so viele Männer zu bedienen, wie Tag und Nacht nach ihnen verlangten. Eine Frau, die ich nach einem Offiziersfest

nach Hause kriechen sah, erklärte, sie hätte bei neununddreißig die Übersicht verloren.

Christus hat bei neununddreißig das Bewusstsein verloren.

In jenem Winter bekamen die meisten von uns offene Wunden, dort, wo das Salz und der Wind unsere Haut aufgerieben
hatten. Entzündungen zwischen den Zehen und auf der
Oberlippe waren besonders verbreitet. Ein Schnurrbart half
da auch nichts, die Haare verschlimmerten nur den Wund-
schmerz.

Weihnachten hatten wir Urlaub, während die *vivandières* keinen freien Tag bekamen. Wir saßen rund um unser Feuer mit
Extra-Holzscheiten und tranken mit unserem Extra-Schnaps
auf das Wohl des Kaisers. Patrick und ich taten uns gütlich an
einer Gans, die ich gestohlen hatte und die wir mit schuld-
bewusster Freude hoch auf seiner Säule brieten und verzehr-
ten. Wir hätten sie mit den anderen teilen sollen, aber wir
waren auch so noch hungrig. Er erzählte mir Geschichten aus
Irland, über die Torffeuer und die Kobolde, die unter jedem
Hügel wohnen.

»Jawohl, und ich habe mir von diesen Winzlingen Stiefel so
groß wie Daumennägel machen lassen.«

Er erzählte, er sei beim Wildern gewesen in einer schönen
Nacht im Juli bei Vollmond und einem Himmel glitzernd von
Sternen. Als er durch den Wald kam, entdeckte er einen Kreis
grünen Feuers, das mannshoch brannte. In der Mitte des
Kreises hockten drei Kobolde. An ihren Schaufeln und Bärten
erkannte er, dass es Kobolde und keine Elfen waren. »Also
blieb ich so still wie die Kirchenglocke an einem Samstag-
abend und schlich mich heran wie an einen Fasan.«

Er hörte sie von ihren Schätzen reden, die sie den Feen gestohlen und in der Erde unter dem Feuerkreis vergraben hatten. Plötzlich hob einer von ihnen die Nase und schnupperte misstrauisch in die Luft.

»Ich rieche einen Menschen«, sagte er. »Einen schmutzigen Menschen mit Dreck an den Stiefeln.« Ein anderer lachte. »Und wennschon. Niemand mit Schmutz an den Stiefeln kann unsere geheime Kammer betreten.«

»Wir wollen lieber auf der Hut sein und uns davonmachen«, sprach der Erste und, husch, waren sie verschwunden und mit ihnen der Feuerkreis. Eine Weile blieb Patrick reglos im Laub liegen und überdachte, was er gehört hatte. Dann, nachdem er sich vergewissert hatte, dass er allein war, zog er seine Stiefel aus und schlich an die Stelle, wo der Feuerkreis gewesen war. Am Erdboden war keine Spur von dem Feuer, aber seine Fußsohlen prickelten.

»Da wusste ich, dass ich an einem Ort der Magie war.«

Er grub die ganze Nacht und fand doch bis zum Morgen nichts als ein paar Maulwürfe und eine Menge Würmer. Erschöpft ging er zurück zu seinen Stiefeln, und da waren sie.

»Nicht größer als ein Daumennagel.«

Er wühlte in seinen Taschen und reichte mir ein winziges Paar Stiefel, vollkommen gearbeitet, die Absätze abgelaufen und die Schnürsenkel ausgefranst.

»Ich schwör's, sie haben mir einmal gepasst.«

Ich wusste nicht, ob ich ihm glauben sollte oder nicht, und er sah, wie sich meine Stirn in Falten legte. Er streckte seine Hand nach den Stiefeln aus. »Ich bin den ganzen Weg nach Hause barfuß gelaufen, und als ich an jenem Morgen die Messe lesen wollte, konnte ich kaum zum Altar humpeln. Ich war so müde, dass ich die Kirchengemeinde für den Tag entließ.« Er lächelte sein durchtriebenes Lächeln und schlug mir auf die Schulter.

»Trau mir. Ich erzähl dir Geschichten.«

Er erzählte mir noch andere. Über die Heilige Jungfrau und wie wenig man sich auf sie verlassen könne.

»Die Frauen«, sagte er, »sind doch immer die Gerisseneren. Sie kommen unseren kleinsten Lügen und Heimlichkeiten auf die Spur. Die Jungfrau Maria ist auch eine Frau, so heilig sie sein mag, und kein Mann, den ich kenne, kann bei ihr seinen Willen durchsetzen. Du kannst beten von früh bis spät – sie wird dich nicht erhören. Wenn du ein Mann bist, so halte dich besser an Jesus selbst.«

Ich sagte ihm, dass die Heilige Jungfrau unsere Vermittlerin sei.

»Gewiss ist sie das, doch sie vermittelt nur für die Frauen. Schau, wir haben zu Hause ein Standbild, so lebensecht, dass du denken kannst, es wäre die Heilige Mutter persönlich. Nun kommen die Frauen mit ihren Tränen und Blumen zu ihr, und ich bin hinter einer Säule versteckt und möchte bei allen Heiligen schwören, dass das Standbild sich bewegt. Wenn jetzt aber die Männer kommen, die Mütze in der Hand, um dies oder jenes bitten und ihre Gebete sprechen, bleibt das Standbild starr wie der Stein, aus dem es gemacht ist. Ich hab ihnen immer wieder die Wahrheit gesagt. ›Geht gleich zu Jesus‹, sage ich (er hat ein Standbild ganz in der Nähe), doch sie hören nicht auf mich, weil jeder Mann sich gerne vorstellt, dass eine Frau seinen Worten lauscht.«

»Betest du denn nicht zu ihr?«

»Wie man's nimmt. Wir haben, so könnte man sagen, eine

Vereinbarung getroffen. Ich achte sie, respektiere sie, und wir lassen einander in Ruhe. Sie wäre anders, wenn sich Gott nicht an ihr vergangen hätte.«

Was redete er da?

»Sieh mal, Frauen wollen mit Achtung behandelt werden. Wollen gefragt werden, bevor man sie berührt. Ich hab immer schon gefunden, dass es nicht recht war von Gott, ohne zu fragen, seinen Engel herabzuschicken und sie dann zu nehmen, bevor sie Zeit hatte, auch nur ihr Haar zu kämmen. Ich glaube, sie hat ihm das nie verziehen. Er hatte es einfach zu eilig. Darum tadele ich sie auch nicht, wenn sie heute so hochmütig ist.«

Aus dieser Sicht hatte ich die Königin des Himmels noch nie betrachtet.

Patrick hatte die jungen Frauen gern und scheute sich nicht, ungeladen in ihre Schlafkammern zu schauen.

»Aber wenn es dazu käme – so würde ich eine Frau doch nie nehmen, ohne ihr Zeit zu lassen, ihr Haar zu kämmen.«

Wir verbrachten den restlichen Weihnachtsurlaub, geschützt hinter den Äpfelfässern, hoch oben auf der Säule und spielten Karten. Am Silvesterabend aber ließ er seine Leiter hinunter und sagte, wir gingen jetzt zur heiligen Kommunion.

»Ich bin kein gläubiger Christ.«

»Dann kommst du als mein Freund mit.«

Er beschwatzte mich, indem er mir eine Flasche Schnaps hinterher versprach, und so gingen wir durch die eisigen Straßen zur Seemannskirche, die er der Heeresandacht vorzog.

Sie füllte sich langsam mit Männern und Frauen aus der Stadt, dick eingemummt gegen die Kälte, aber in den besten Kleidern, die sie finden konnten. Wir waren die Einzigen aus dem Lager, wahrscheinlich die Einzigen noch Nüchternen bei diesem schauderhaften Wetter. Die Kirche war schlicht bis auf die bunten Glasfenster und das Standbild der Himmelskönigin, die mit roten Gewändern geschmückt war. Unwillkürlich verneigte ich mich vor ihr, und Patrick, der es bemerkte, lächelte sein schiefes Lächeln.

Wir sangen mit unseren kräftigsten Stimmen, und die Wärme und Nähe der anderen Menschen ließ mein ungläubiges Herz auftauen, und auch ich sah Gott durch den Frost hindurch. Die Fenster waren mit Eis überzogen, und der Steinfußboden, auf dem wir knieten, war kalt wie ein Grab. Die Ältesten mit ihrem stillen Lächeln nahmen würdevolle Gesichter an, und den Kindern, von denen manche so arm waren, dass sie ihre Hände mit Binden warm hielten, wuchs Engelshaar.

Die Himmelskönigin schaute herab.

Nachdem wir die fleckigen Gebetbücher, die nur wenige von uns lesen konnten, beiseite gelegt hatten, empfingen wir reinen Herzens die Kommunion, und Patrick, der seinen Schnurrbart gestutzt hatte, schlüpfte erneut ans Ende der Schlange und brachte es fertig, die Hostie zwei Mal zu empfangen.

»Das verdoppelt den Segen«, raunte er mir zu.

Ich hatte gar nicht beabsichtigt, zur Kommunion zu gehen, doch mein Verlangen nach starken Armen und Geborgenheit und die stille Frömmigkeit um mich herum zwangen mich auf meine Füße und hin zum Altar, wo Fremde mich anblickten, als wäre ich ihr Sohn. Während ich niederkniete und der Weihrauch mich benommen machte und die langsamen Wiederholungen des Priesters mein klopfendes Herz beruhigten, dachte ich wieder an ein Leben mit Gott, dachte an meine Mutter, die jetzt auch, weit weg, am Boden knien und ihren

Anteil am Königreich entgegennehmen würde. Jedes Haus in meinem Dorf war jetzt leer und still, aber die Scheune war gefüllt. Voll von rechtschaffenen Menschen, die keine Kirche besaßen, die aus sich selbst eine Kirche machten. Aus ihrem Fleisch und Blut.

Das geduldige Vieh schläft.

Ich nahm die Hostie auf meine Zunge, und sie brannte. Der Wein schmeckte nach toten Männern, nach zweitausend toten Männern. Im Gesicht des Priesters sah ich die Anklage der Toten gegen mich. Ich sah durchnässte Zelte in der Dämmerung, sah Frauen mit blau gefrorenen Brüsten. Ich hielt den Kelch umklammert, obwohl ich fühlen konnte, dass der Priester ihn mir zu entziehen versuchte.

Ich hielt den Kelch umklammert.

Als der Priester sanft meine Finger wegbog, sah ich die Abdrücke des Silbers auf meinen Handflächen. Waren das meine Wundmale? Würde ich für jeden Toten und jeden lebendigen Toten bluten? Wenn jeder Soldat es täte, würden keine Soldaten übrig bleiben. Wir würden mit den Kobolden unter die Hügel ziehen. Wir würden uns mit den Meerjungfrauen vermählen. Wir würden nie unsere Heimat verlassen.

Ich verließ Patrick bei seiner zweiten Kommunion und ging in die eiskalte Nacht hinaus. Es war noch nicht zwölf Uhr. Keine Glocke läutete, kein Leuchtfeuer war entzündet, um das neue Jahr zu verkünden und Gott und den Kaiser zu preisen.

Dieses Jahr ist vorbei, sagte ich mir. Es gleitet davon und kehrt nie wieder. Domino hat Recht, es gibt nur das Jetzt. Vergiss es, vergiss es. Du kannst es nicht zurückholen, du kannst sie nicht zurückholen.

Man sagt, jede Schneeflocke sei verschieden. Wenn das wahr ist – wie könnte die Welt weiter existieren? Wie könnten wir uns je von unseren Knien aufrichten? Wie könnten wir uns je von dem Staunen darüber erholen?

Indem wir vergessen. Wir können so viele Dinge nicht im Gedächtnis behalten.

Es gibt nur die Gegenwart und nichts zu erinnern.

Auf die Steinplatten, die durch die Eisdecke hindurchschimmerten, hatte ein Kind mit roter Schneiderkreide Drei-in-der-Reih gemalt. Du spielst, du gewinnst, du spielst, du verlierst. Du spielst. Spielen ist etwas Unwiderstehliches, und was du aufs Spiel setzt, zeigt, was dir teuer ist. Ich hockte mich nieder und ritzte mein eigenes Spiel von unschuldigen Kreisen und bösen Kreuzen ins Eis. Vielleicht würde der Teufel mein Partner sein. Vielleicht die Himmelskönigin. Napoleon, Joséphine. Was macht es, gegen wen du verlierst, wenn du verlierst?

Aus der Kirche erscholl das letzte Lied.

Das war kein halbherziger Gesang, wie man ihn an gewöhnlichen Sonntagen hören kann, wenn die Gemeinde lieber im Bett oder bei ihren Liebchen wäre. Das war keine laue Bitte an einen strengen Gott, sondern Vertrauen und Liebe, die in den Dachbalken hing, die Kirchentüren aufstieß, die Kälte aus den Steinen sog und die Steine zwang, laut aufzuschreien. Die Kirche bebte.

Meine Seele preiset den Herrn.

Was gab ihnen diese Freude?

Was gab diesen frierenden, hungrigen Menschen die Zuversicht, dass das neue Jahr nur besser werden könne? War Er es,

Er auf dem Thron? Ihr kleiner Herrscher in seiner einfachen Uniform?

Gleichviel. Warum suche ich zu ergründen, was, wie ich sehen kann, Wirklichkeit ist?

Auf der Straße kommt mir eine Frau mit wildem Haar entgegen, deren Stiefel gelbe Funken auf dem Eis aufsprühen lassen. Sie lacht. Sie hält einen Säugling fest an sich gedrückt. Sie kommt geradewegs auf mich zu.

»Glückliches neues Jahr, Soldat.«

Ihr Kind ist hellwach, mit klaren blauen Augen und neugierigen Fingerchen, die von den Knöpfen zur Nase wandern und sich mir entgegenstrecken. Ich schlinge meine Arme um sie beide, und wir sind für einen Augenblick eine einzige leicht schwankende Gestalt. Das Kirchenlied ist zu Ende, und die plötzliche Stille überrascht mich.

Der Säugling stößt auf.

Da flackern über dem Kanal die Leuchtfeuer auf, und von unserem Lager, zwei Meilen entfernt, hallen die Hochrufe bis zu uns her. Die Frau löst sich aus meinen Armen, küsst mich und verschwindet mit ihren Funken sprühenden Stiefeln. Königin des Himmels, sei mit ihr!

Da kommen sie, den Herrn für ein neues Jahr ins Herz gesät. Arm in Arm, dicht zusammengedrängt, einige rennen, andere schreiten wie Hochzeitsgäste. Der Priester steht an der Kirchentür in einem Meer von Licht, neben ihm die Chorknaben in ihrem Scharlachrot, die heiligen Kerzen vor dem Wind schützend. Von der Straße her, wo ich stehe, kann ich durch die Tür auf den Altar schauen. Die Kirche ist jetzt leer bis auf Patrick, der, mit dem Rücken zu mir, am Altargeländer steht. Als er herauskommt, beginnen die Glocken wie wild zu läuten, und mindestens ein Dutzend Frauen, die ich nie gesehen habe, werfen sich mir an den Hals und wünschen mir ein gutes Jahr. Die meisten Männer, in Gruppen zu fünf oder sechs, stehen noch bei der Kirche, die Frauen aber fassen sich bei den Händen und bilden einen großen Kreis, der von einer Straßenseite zur anderen reicht. Sie beginnen zu tanzen und drehen sich schneller und immer schneller, bis meinen Augen schwindlig wird, wenn sie ihnen folgen. Ihr Lied kenne ich nicht, aber ihre Stimmen klingen voll.

Nimm mein Herz.

Wo immer Liebe ist, will ich sein, ich werde ihr folgen, so sicher, wie der Lachs seinen Weg zum Meer findet.

»Hier, trink das«, sagte Patrick und reichte mir eine Flasche. »So bald wirst du nichts Besseres kosten.«

»Woher hast du sie?« Ich schnupperte am Korken, der Geruch war rund und reif und sinnlich.

»Ich fand sie hinter dem Altar. Sie heben immer den besten Tropfen für sich selbst auf.«

Wir liefen die Meilen zum Lager zurück und trafen auf eine Gruppe Soldaten, die einen Mann auf den Schultern trugen, der sich, als Geste zum neuen Jahr, ins Meer gestürzt hatte. Er war nicht tot, aber zu durchgefroren, um sprechen zu können. Sie brachten ihn zum Aufwärmen in ein Bordell.

Soldaten und Frauen. So ist die Welt. Jede andere Rolle ist befristet. Jede andere Rolle ist Gebärdenspiel.

Man ließ uns in dieser Nacht in den Küchenzelten schlafen – ein Zugeständnis an die unvorstellbare Null-Temperatur. Unfühlbar auch. Der Körper verschließt sich, wenn er zu viel ertragen muss; er tritt eine stille Reise ins Innere an, wartet auf bessere Zeiten und lässt dich gefühllos und halb lebendig zurück. Umgeben von fröstelnden Körpern, von betrunkenen Männern, die ins andere Jahr hinüberschliefen, tranken wir den Wein und den Schnaps aus und schoben unsere Füße unter die Kartoffelsäcke. Nur die Stiefel hatten wir ausgezogen, sonst nichts. Ich hörte Patricks gleichmäßigen Atem in Schnarchen übergehen. Er war in seine Welt von Kobolden hinabgeglitten, immer sicher, einen Schatz zu finden, und sei es nur eine Flasche Burgunder hinter dem Altar. Vielleicht sorgte die Königin des Himmels für ihn.

Ich lag wach, bis die Möwen zu kreischen begannen. Es war der Neujahrstag 1805, und ich war zwanzig.

DIE PIKDAME

Da gibt's eine Stadt, von Wasser umgeben, mit Wasserwegen anstelle von Straßen und mit verschlammten Hintergassen, die nur die Ratten queren können. Verfehle deinen Weg, was nicht schwer ist, und du starrst vielleicht plötzlich auf hundert Augen, die einen schmutzigen Palast aus Säcken und Knochen bewachen. Finde deinen Weg, was nicht schwer ist, und du begegnest vielleicht einer alten Frau vor einem Hauseingang. Sie wird dir aus deinem Gesicht die Zukunft lesen.

Dies ist die Stadt der Verwirrungen. Du magst jeden Tag vom selben Ort aufbrechen, um zum selben Ort zu gelangen, und gehst doch nie denselben Weg. Und wenn du es tust, dann versehentlich. Deine Spürnase wird hier versagen. Dein Lehrgang im Kompasslesen wird dir hier nichts nützen. Deine sicheren Weisungen an Passanten werden sie an Plätze führen, von denen sie nie gehört haben, über Kanäle, die nirgends verzeichnet sind.

Obgleich, wohin immer du gehst, du stets voranschreitest, gibt es hier kein Geradeaus. Nicht wie die Krähe gelangst du auf schnellstem Weg zu dem Café, am Wasser gleich gegenüber. Die Abkürzungen sind dort, wo die Katzen gehen, durch unmögliche Öffnungen, um Ecken, die dich genau in die entgegengesetzte Richtung zu führen scheinen. Aber hier in dieser Handelsstadt kommt es darauf an, dass du deinen Glauben weckst.

Mit Glauben sind alle Dinge möglich.

Es heißt, dass die Einwohner dieser Stadt auf dem Wasser gehen können. Und, noch wundersamer, dass ihre Füße mit

Schwimmhäuten versehen sind. Nicht alle Füße, nur die der Bootsmänner, deren Gewerbe erblich ist.

Und dies ist die Legende:

Wenn die Frau eines Bootsmanns feststellt, dass sie schwanger ist, wartet sie, bis der Mond voll und die Nacht frei von Müßiggängern ist. Dann nimmt sie das Boot ihres Mannes und rudert zu einer schrecklichen Insel, auf der die Toten begraben sind. Dort verlässt sie ihr Boot, nachdem sie Rosmarin im Bug verstreut hat, damit die Gliederlosen nicht mit ihr zurückkehren können, und eilt zum Grab des zuletzt Verstorbenen der Familie. Sie hat Opfergaben mitgebracht: eine Flasche Wein, eine Locke vom Haar ihres Mannes und eine Silbermünze. Sie muss ihre Opfergaben auf das Grab legen und, wenn ihr Kind ein Mädchen sein soll, um ein reines Herz und, wenn es ein Junge sein soll, um Bootsmannfüße beten. Es gilt, keine Zeit zu verlieren. Sie muss vor der Dämmerung zurück sein, und das Boot muss eine Nacht und einen Tag mit Salz bedeckt bleiben. Auf diese Weise hüten die Bootsleute ihre Geheimnisse und ihr Gewerbe. Kein Neuling kann da mithalten. Und kein Bootsmann wird seine Stiefel ausziehen, ganz gleich, wie man ihn zu bestechen versucht. Ich habe Fremde gesehen, die den Fischen Diamanten zuwerfen, aber nie hab ich einen Bootsmann seine Stiefel ausziehen sehen.

Es war einmal ein schwacher und törichter Mann, dessen Frau das Boot sauber machte und den Fisch verkaufte und ihre gemeinsamen Kinder großzog und zu der schrecklichen Insel fuhr, wenn ihre jährliche Zeit gekommen war. Ihr Haus war im Sommer heiß und im Winter kalt, und es gab zu wenig zu essen und zu viele Mäuler zu stopfen. Dieser Bootsmann, der einen Fremden von einer Kirche zur nächsten fuhr, geriet zufällig in ein Gespräch mit dem Mann, und der lenkte das Thema auf die Schwimmfüße. Dabei zog er eine Börse mit Gold aus der Tasche und legte sie schweigend auf den Boden des Bootes. Der Winter stand vor der Tür, und der Bootsmann war mager und dachte bei sich, was könne es schaden, nur einen Stiefel aufzuschnüren und den Fahrgast sehen zu lassen, was es zu sehen gab. Am folgenden Morgen wurde das Boot von Priestern entdeckt, die auf dem Weg zur Messe waren. Der Fremde plapperte wirres Zeug und zerrte mit den Fingern an seinen Zehen. Von dem Bootsmann fehlte jede Spur. Sie brachten den Fremden ins Irrenhaus San Servelo, einem ruhigen Ort für die Reichen und Gestörten. Soweit ich weiß, ist er heute noch dort.

Und der Bootsmann?

Er war mein Vater.

Ich habe ihn nie gekannt, weil ich nicht geboren war, als er verschwand.

Wenige Wochen, nachdem meine Mutter mit einem leeren Boot zurückgeblieben war, stellte sie fest, dass sie schwanger war. Obwohl ihre Zukunft ungewiss und sie genau genommen nicht mehr mit einem Bootsmann verheiratet war, beschloss sie, dennoch mit dem düsteren Ritual fortzufahren, und ruderte in der entsprechenden Nacht still über die Lagune. Als sie das Boot befestigen wollte, flog eine Eule so dicht über sie hinweg, dass ein Flügel ihre Schulter streifte. Sie war nicht verletzt, schrie aber auf und tat erschrocken einen Schritt zurück, und dabei fiel der Rosmarinzweig ins Meer. Einen Augenblick dachte sie, auf schnellstem Wege zurückzurudern, doch dann bekreuzigte sie sich, eilte zum Grab ihres

Vaters und legte ihre Opfergaben nieder. Sie wusste, es hätte das Grab ihres Mannes sein müssen, doch der besaß keines. Wie sah es ihm ähnlich, dachte sie, im Tod so abwesend zu sein wie im Leben. Nach getaner Tat stieß sie vom Ufer ab, das selbst die Krabben mieden, und bedeckte später das Boot mit so viel Salz, dass es sank.

Die Heilige Jungfrau muss ihre schützende Hand über sie gehalten haben. Noch bevor ich das Licht der Welt erblickte, hatte sie wieder geheiratet. Diesmal einen wohlhabenden Bäcker, der's sich leisten konnte, sonntags die Arbeit ruhen zu lassen.

Die Stunde meiner Geburt fiel mit der Sonnenfinsternis zusammen, und meine Mutter tat ihr Bestes, um die Wehen so lange hinauszuzögern, bis das Naturereignis vorbei wäre. Doch ich war so ungeduldig wie heute und zwang meinen Kopf hindurch, als die Hebamme noch unten im Haus war, um Milch aufzuwärmen. Ein schöner Kopf mit roten Haaren und einem Augenpaar, das die Finsternis der Sonne ausglich.

Ein Mädchen.

Es war eine leichte Geburt, und die Hebamme hielt mich kopfunten an den Füßen, bis ich meinen ersten Schrei tat. Doch als sie mich hinlegten, um mich zu trocknen, schwanden meiner Mutter die Sinne, und die Hebamme sah sich veranlasst, eine weitere Flasche Wein zu öffnen.

Meine Füße hatten Schwimmhäute.

In der ganzen Geschichte der Bootsleute hatte es nie ein Mädchen gegeben, das Schwimmhäute zwischen den Zehen hatte. In ihrer Ohnmacht hatte meine Mutter Visionen von Rosmarin und warf sich ihre Unachtsamkeit vor. Oder war es vielleicht ihr sorgloses Vergnügen mit dem Bäcker, das sie sich vorwerfen musste? Sie hatte nicht an meinen Vater gedacht, seitdem sein Boot gesunken war. Sie hatte nicht viel an ihn gedacht, wenn er draußen war. Die Hebamme griff nach ihrem Messer mit der dicken Klinge und schlug vor, die anstößigen Teile einfach herauszuschneiden. Meine Mutter nickte schwach und dachte wohl, dass ich keinen Schmerz dabei empfinden würde oder dass vorübergehender Schmerz besser als lebenslange Schmach sei. Die Hebamme versuchte, in das durchsichtige Dreieck zwischen meinen ersten beiden Zehen zu schneiden, doch das Messer sprang zurück und hinterließ keine Spur. Sie versuchte es immer wieder zwischen allen Zehen an beiden Füßen. Sie verbog die Spitze des Messers, doch das war alles.

»Es ist der Wille der Heiligen Jungfrau«, sagte sie schließlich und leerte die Flasche. »Kein Messer der Welt kommt da hindurch.«

Meine Mutter begann zu weinen und zu klagen und tat es so lange, bis mein Stiefvater nach Hause kam. Er war ein Mann von Welt und nicht leicht von ein paar Schwimmhäuten aus der Fassung zu bringen.

»Niemand wird es sehen, solange sie Schuhe trägt, und wenn's Zeit wird für einen Ehemann, dann werden es kaum ihre Füße sein, die ihn interessieren.«

Das hat meine Mutter wohl getröstet, und wir verbrachten die folgenden achtzehn Jahre wie jede normale Familie.

Seit 1797, als Bonaparte unsere Stadt der Verwirrungen einnahm, geben wir uns mehr oder weniger dem Vergnügen hin. Was sonst gibt es zu tun, wenn man ein stolzes und freies Leben geführt hat und plötzlich nicht mehr stolz und frei ist?

Wir wurden zur Zauberinsel der Verrückten, der Reichen, der Gelangweilten, der Verderbten. Unsere ruhmreichen Tage lagen hinter uns, doch unsere Ausschweifungen begannen erst. Dieser Mann zerstörte unsere Kirchen und plünderte unsere Schätze. Diese Joséphine aus Martinique trägt in ihrer Krone Juwelen aus San Marco. Doch schlimmer noch: Er raubte unsere lebendigen Rösser, von Männern gegossen, die ihren Arm zwischen Gott und den Teufel ausstreckten und Leben in bronzener Form festhielten. Er schaffte sie aus der Basilika und ließ sie auf irgendeinem Platz in jener Hure von Stadt, Paris, aufstellen.

Es gab vier Kirchen, die ich liebte und die über die Lagune auf die stillen Inseln blickten, die uns vorgelagert sind. Er ließ sie niederreißen, um öffentliche Gärten anzulegen. Was sollten wir mit öffentlichen Gärten? Und wenn wir welche gewollt und nach unserem Geschmack entworfen hätten – niemals hätten wir sie mit Hunderten von Pinien in Regimentsreihen vollgestellt. Es heißt, Joséphine sei Botanikerin. Hätte sie nicht etwas Exotischeres für uns finden können? Ich hasse die Franzosen nicht. Mein Vater mag sie. Mit ihrer Vorliebe für verrückte Torten lassen sie sein Geschäft blühen.

Auch gab er mir einen französischen Namen.

Villanelle. Recht hübsch eigentlich.

Ich hasse die Franzosen nicht. Ich nehme nur keine Notiz von ihnen.

Als ich achtzehn war, begann ich im Spielkasino zu arbeiten. Es gibt nicht viele Berufe für ein Mädchen. Ich wollte nicht in die Bäckerei gehen und alt werden mit roten Händen und Armen dick wie Schenkel. Ich konnte nicht Tänzerin werden, aus erklärlichen Gründen, und was ich am liebsten getan hätte, mit den Booten arbeiten, war mir auf Grund meines Geschlechts versagt.

Dennoch nahm ich manchmal ein Boot und ruderte über Stunden die Kanäle auf und ab und hinaus in die Lagune. Ich erlernte die geheimen Wege der Bootsmänner – durch Beobachten und Instinkt.

Wann immer ich ein Heck in einem schwarzen, ungastlichen Wasserweg verschwinden sah, folgte ich ihm und entdeckte die Stadt in der Stadt, von der nur wenige Kenntnis haben. In dieser inneren Stadt gibt es Diebe und Juden und Kinder mit geschlitzten Augen, die aus den östlichen Einöden kommen ohne Vater oder Mutter. Wie die Katzen und Ratten streifen sie in Horden umher und balgen sich wie sie um alles Essbare. Niemand weiß, warum sie hier sind und welch finsteres Schiff sie hergebracht hat. Sie scheinen mit zwölf oder dreizehn zu sterben und werden doch immer wieder ersetzt. Ich sah sie sich mit dem Messer um einen verrotteten Haufen Hühner bedrohen.

Es gibt auch Verbannte hier. Männer und Frauen, vertrieben aus ihren prächtigen Palästen, die sich so elegant in den glitzernden Kanälen spiegeln. Männer und Frauen, die nach den Pariser Registern längst tot sind. Sie sind hier mit dem wenigen Tafelgold, das sie vor ihrer Flucht noch in einen Sack stopfen konnten. Solange die Juden das Gold kaufen und das Gold ausreicht, überleben sie. Wenn du die Leichen bäuchlings im Wasser treiben siehst, weißt du, dass das Gold verbraucht war.

Eine Frau, die einst eine Flotte besaß und eine Herde Katzen und mit Gewürzen handelte, lebt heute hier in der stummen Stadt. Ich kann nicht sagen, wie alt sie sein mag, ihr Haar ist grün vom Schleim, der die Wände der Nische bedeckt, in der sie haust. Sie ernährt sich von den Gemüseresten, die mit der Flut an die Steine spülen. Sie hat keine Zähne. Sie braucht keine Zähne. Sie trägt noch immer die Vorhänge, die sie vom Wohnzimmerfenster riss, als sie die Flucht ergriff. Der eine ist um ihren Körper geschlungen, der andere um ihre Schultern gelegt, wie ein Umhang. So schläft sie auch.

Ich habe mit ihr gesprochen. Wenn sie ein Boot vorbeifahren hört, steckt sie den Kopf zur Nische heraus und fragt, welche Uhrzeit es sein mag. Sie fragt nie, welche Zeit es ist; dazu hat sie zu viel von einem Philosophen. Ich sah sie einmal am späten Abend, ihr gespensterhaftes Haar von einer Öllampe erleuchtet. Sie verteilte Stücke verdorbenen Fleisches auf einem Tuch. Es standen Weinbecher neben ihr.

»Ich hab Gäste zum Abendessen«, rief sie, als ich vorbeiglitt. »Ich hätte dich eingeladen, aber ich kenne deinen Namen nicht.«

»Villanelle«, rief ich zurück.

»Du bist Venezianerin, doch du trägst deinen Namen als Verkleidung. Hüte dich vor Würfel- und Glücksspiel.«

Sie wandte sich erneut ihrem Tuch zu, und obwohl wir uns wieder begegneten, nannte sie mich nie beim Namen und gab durch kein Zeichen zu erkennen, dass sie sich meiner erinnerte.

Ich arbeitete im Kasino, sammelte die Würfel ein, breitete die Karten aus und stahl Geldbeutel, wo immer ich konnte. Es gab einen Keller voll mit Champagner, der jede Nacht in Mengen floss, und einen grausamen Hund, der hungrig gehalten wurde für denjenigen, der nicht zahlen konnte. Ich kleidete mich als Knabe, das schätzten die Besucher. Es war Teil des Spiels, sie erraten zu lassen, welches Geschlecht sich hinter den engen Reithosen und der extravaganten Schminke verbarg …

Es war August. Bonapartes Geburtstag und eine heiße Nacht. Man erwartete eine Feier von uns – einen Ball auf der Piazza San Marco –, obwohl nicht einzusehen war, was wir Venezianer zu feiern hatten. Es sollte gemäß unseren Sitten ein Maskenball sein, und das Kasino stellte im Freien Spieltische und Glücksbuden auf. In den Straßen und auf den Plätzen unserer Stadt wimmelte es von vergnügungssüchtigen Franzosen und Österreichern, dem üblichen Strom staunender Engländer, selbst eine Gesellschaft von Russen war da, fest entschlossen, die höchsten Lüste zu kosten. Unseren Besuchern Lust zu bereiten ist etwas, worauf wir uns verstehen. Der Preis ist hoch, doch der Lustgewinn groß.

Ich legte Zinnoberrot auf meine Lippen und weißen Puder auf mein Gesicht. Ich brauchte keinen Schönheitsfleck hinzuzufügen, da ich schon einen habe und dazu an der richtigen Stelle. Ich trug meine gelben Kasino-Reithosen mit dem Streifen an jeder Seite des Beins und ein Piratenhemd, um meine Brüste zu verbergen. Dies war erforderlich, doch den Lippenbart fügte ich zu meinem eigenen Vergnügen hinzu. Vielleicht auch zu meinem eigenen Schutz. Es gibt zu viele dunkle Gassen und zu viele betrunkene Hände in Festnächten.

Auf unserem unvergleichlichen Platz, den Bonaparte verächtlich den schönsten Salon Europas genannt hat, war von unseren Ingenieuren ein hölzernes Gerüst mit Schießpulver errichtet worden. Das sollte um Mitternacht entzündet werden, und ich war zuversichtlich, dass bei so vielen gen Himmel gerichteten Gesichtern fast ebenso viele Taschen ungeschützt sein würden.

Der Ball begann um acht Uhr, und ich begann meine Nacht mit Kartenspielen in der Glücksbude.

Pikdame gewinnt, Treffass verliert, spiel noch einmal. Was willst du riskieren? Deine Uhr? Dein Haus? Deine Mätresse? Ich rieche so gern diese Gier bei ihnen. Selbst den Stillsten, den Reichsten haftet dieser Geruch an. Er liegt irgendwo zwischen Angst und Wollust. Leidenschaft nehme ich an.

Es gibt einen Mann, der fast jede Nacht mit mir im Kasino spielt. Ein stattlicher Mann mit Fettpolstern auf seinen Handtellern wie Bäckerteig. Wenn er mir von hinten in den Nacken greift, geben seine schweißbedeckten Handflächen ein schmatzendes Geräusch von sich. Ich habe stets ein Taschentuch bei mir. Er trägt eine grüne Weste und ich hab ihn bis auf diese Weste entblößt gesehen, weil er den Würfel nicht rollen kann, ohne zu setzen. Er ist reich. Er muss es sein. Er gibt in einem Augenblick aus, was ich in einem Monat verdiene. Aber er ist schlau, trotz seiner Besessenheit am Spieltisch. Die meisten Männer tragen ihre Taschen oder Geldbörsen zur Schau, wenn sie betrunken sind. Sie wollen, dass jedermann sieht, wie reich sie sind, wie fett von Gold. Nicht er. Er hat seinen Beutel tief in den Hosen versteckt, und er greift hinein, nachdem er dir den Rücken zugekehrt hat. Den werde ich niemals bestehlen. Ich weiß nicht, was sich sonst noch dort unten verbirgt.

Er fragt sich dasselbe bei mir. Ich überrasche ihn, wie er auf meine Hose starrt, und trage manchmal, um ihn zu verwirren, einen Hosenbeutel. Meine Brüste sind klein und ohne hohen Ansatz, der mich verraten könnte. Und ich bin groß für ein Mädchen, besonders für eine Venezianerin.

Ich frage mich, was er zu meinen Füßen sagen würde.

Heute Nacht trägt er seinen besten Anzug, und sein Schnurrbart glänzt. Ich breite die Karten fächerartig vor ihm aus; schiebe sie zusammen, mische sie, breite sie wieder zum Fächer aus. Er wählt. Zu niedrig, um zu gewinnen. Wählt erneut. Zu hoch. Das kostet Strafe! Er lacht und schiebt mir eine Münze zu.

»Du hast dir in zwei Tagen ein Bärtchen wachsen lassen.«

»Ich komm aus einer haarigen Familie.«

»Es steht dir.« Seine Augen schweifen wie gewöhnlich hinunter, doch ich bin sicher hinter meinem Stand. Er holt eine weitere Münze hervor. Ich breite meine Karten aus. Herzbube. Eine Unglückskarte, doch er denkt anders, er verspricht zurückzukommen, nimmt den Buben als Glücksbringer mit und schlendert zum Spieltisch. Sein Rock spannt über dem Gesäß. Sie nehmen immer die Karten mit. Ich frage mich, ob ich ein neues Päckchen nehmen oder den nächsten Kunden übers Ohr hauen soll. Ich denke, das wird davon abhängen, wer der nächste Kunde ist.

Ich liebe die Nacht. Vor langer Zeit hatten wir in Venedig unseren eigenen Kalender und hielten uns abseits von der Welt, wir begannen unsere Tage bei Nacht. Was nützte uns die Sonne, wenn unser Handel und unsere Geheimnisse und unsere Diplomatie vom Dunkel abhingen? Im Dunkeln ist man verkleidet, und dies ist die Stadt der Verkleidungen. In jenen Tagen (ich kann sie zeitlich nicht bestimmen, weil die Zeit mit dem Tageslicht zu tun hat), in jenen Tagen also, wenn die Sonne untergegangen war, öffneten wir unsere Türen und glitten über die aaligen Wasser mit verdeckten Lichtern im Bug. All unsere Boote waren schwarz, so dass sie sich nicht vom Wasser abhoben. Wir handelten mit Duftstoffen und Seide. Smaragden und Diamanten. Staatsangelegenheiten. Wir bauten unsere Brücken nicht nur, um nicht auf dem Wasser gehen zu müssen. Nichts so Offensichtliches. Eine Brücke ist ein Treffpunkt. Ein neutraler Ort. Ein Ort zufälliger Begegnung. Feinde wählen eine Brücke, um sich zu treffen und ihren Streit in diesem Niemandsland zu beenden. Einer wird zum anderen Ufer gehen, der andere nicht zurückkehren. Für Liebende ist die Brücke eine Möglichkeit, ein Symbol für ihre Chancen. Und der Handel mit geheimen Gütern – wo sonst als auf einer Brücke bei Nacht?

Wir sind ein philosophisches Volk, bewandert in der Natur der Gier und des Verlangens, Hand in Hand mit dem Teufel und Gott. Wir wünschen keinen von beiden loszulassen. Diese lebende Brücke ist verführerisch für alle; du kannst deine Seele hier finden und verlieren.

Und unsere eigenen Seelen?

Sie sind Doppelwesen.

Heute hat das Dunkel mehr Licht als in den alten Tagen. Napoleons Soldaten wollen unsere Straßen erleuchtet, wollen einen Widerschein auf den Kanälen sehen. Sie trauen unseren sanften Füßen und unseren dünnen Messern nicht. Dennoch kann man Dunkelheit finden; auf den wenig befahrenen Wasserwegen oder draußen in der Lagune. Kein Dunkel ist wie dieses. Es ist samtig unter der Berührung und schwer in den Händen. Du kannst deinen Mund öffnen und es in dich aufnehmen, bis es eine feste, runde Kugel in deinem Bauch geworden ist. Du kannst damit jonglieren, ihm ausweichen, darin schwimmen. Du kannst es öffnen wie eine Tür.

Die alten Venezianer hatten Augen wie Katzen, die das dichteste Dunkel durchbohrten und die sie, ohne sie strauchelnzu lassen, über unergründliche Wege führten. Und wenn du uns aus der Nähe betrachtest, wirst du feststellen, dass auch heute noch manche von uns bei Tageslicht geschlitzte Augen haben.

Früher glaubte ich, dass Tod und Dunkel dasselbe seien. Dass der Tod das Fehlen von Licht sei. Dass der Tod nichts weiter sei als die Schattenländer, wo Menschen kauften und verkauften und liebten wie sonst, nur mit weniger Überzeugung. Die Nacht scheint vergänglicher als der Tag, besonders für Liebende, und sie scheint auch ungewisser. Auf diese Weise fasst sie unser Leben zusammen, das ungewiss und vergänglich ist. Tagsüber vergessen wir das. Am Tage dauern wir fort. Dies ist die Stadt der Ungewissheit, in der Wege und Gesichter dieselben scheinen und es doch nicht sind. Der Tod wird ähnlich sein. Wir werden für immer Menschen erkennen, denen wir nie begegnet sind.

Doch Dunkel und Tod sind nicht dasselbe.

Das eine ist vorübergehend, das andere nicht.

Unsere Beerdigungen sind fabelhafte Angelegenheiten. Wir halten sie bei Nacht ab und kehren zu unseren dunklen Ursprüngen zurück. Die schwarzen Boote teilen lautlos das Wasser, und der Sarg trägt Kreuze aus Jett. Von meinem oberen Fenster mit Blick auf zwei sich kreuzende Kanäle sah ich einmal den Trauerzug eines Reichen, bestehend aus fünfzehn Booten (die Zahl muss ungerade sein), hinaus zur Lagune fahren. Im gleichen Augenblick kreuzte ein Boot ihren Weg, beladen mit einem Sarg – nicht lackiert, sondern mit Pech bestrichen – und gerudert von einer armen Greisin, die fast zu schwach war, um die Ruder zu halten. Ich glaubte, sie würden zusammenstoßen, doch die Bootsmänner des Reichen wichen rechtzeitig aus. Seine Witwe gab ein Zeichen mit der Hand, und der Zug öffnete sich beim elften Boot und machte Platz für das arme Mütterchen. Man warf ein Seil um den Bug ihres Bootes, so dass sie es nur noch steuern musste. Auf diese Weise setzten sie ihren Weg zu der schrecklichen Insel San Michele fort, und ich verlor sie aus den Augen.

Ich würde, wenn ich einmal sterbe, es gern alleine tun, fern von der Welt. Ich würde an einem Maientag auf einem warmen Stein liegen, bis meine Kräfte mich verlassen, und dann sanft in den Kanal gleiten. Solche Dinge sind in Venedig noch möglich.

Heutzutage sind die Nächte für die Vergnügungssüchtigen bestimmt, und diese spezielle Nacht wird eine *tour de force*. Es sind drei Feuerschlucker da, denen gelbe Zungen aus dem Munde schäumen, ein tanzender Bär und ein Trupp kleiner Mädchen – ihre süßen Körper rosig und unbehaart –, die in Kupferschalen gezuckerte Mandeln tragen. Es sind Frauen jeder Art da, und nicht alle von ihnen sind wirklich Frauen. In der Mitte des Platzes haben Arbeiter von Murano einen riesigen Glasschuh angebracht, der ständig mit Champagner gefüllt und nachgefüllt wird. Will man daraus trinken, muss man wie ein Hund schlabbern – und wie diese Schaulustigen das genießen. Einer ist schon dabei ertrunken, doch was ist ein Toter inmitten von so viel Leben?

Oben an dem Holzgerüst, wo das Schießpulver wartet, sind mehrere Netze und Trapeze befestigt. Von dort schwingen sich Akrobaten über den Platz und werfen groteske Schatten auf die Tänzer unter ihnen. Hin und wieder lässt sich einer an den Knien baumeln und stiehlt einen Kuss von demjenigen, der gerade unter ihm steht. Ich liebe solche Küsse. Sie füllen den Mund und lassen den Körper frei. Um gut zu küssen, darf man nichts als küssen. Keine tastenden Hände oder stammelnden Herzen. Die Lippen und die Lippen allein sind die Lust. Leidenschaft ist süßer, wenn sie Strang für Strang getrennt ist. Geteilt und noch mal geteilt wie Quecksilber, dann erst, im letzten Augenblick, zusammengefügt.

Die Liebe, wie ihr seht, ist mir nicht unbekannt.

Es wird spät, wer nähert sich da mit einer Maske vorm Gesicht? Ob sie ihr Glück bei den Karten versuchen wird?

Sie tut's. Sie hält mir in der hohlen Hand eine Münze hin, so dass ich sie herausnehmen muss. Ihre Haut ist warm. Ich breite die Karten aus. Sie wählt. Die Karozehn. Die Treffdrei. Dann die Pikdame.

»Eine Glückskarte. Das Symbol von Venedig. Ihr habt gewonnen.«

Sie lächelte mich an und enthüllte, indem sie die Maske abnahm, ein Paar grüngrauer Augen mit goldenen Flecken. Ihre Wangenknochen waren hoch und rot gepudert. Ihr Haar war dunkler und roter als meines.

»Noch ein Spiel?«

Sie schüttelte den Kopf und ließ sich von einem Kellner eine Flasche Champagner bringen. Nicht irgendeinen Champagner. Madame Clicquot. Das einzige Gute, das aus Frankreich kommt. Sie hob ihr Glas zu einem stummen Trinkspruch, vielleicht auf ihr eigenes Glück. Die Pikdame ist ein wichtiger Gewinn, einer, den wir gewöhnlich zu vermeiden suchen. Sie sprach noch immer kein Wort, sondern musterte mich durch das Kristall und strich mir plötzlich, das Glas leerend, über die Wange. Nur eine Sekunde berührte sie mich, dann war sie verschwunden, und ich blieb zurück mit meinem wild klopfenden Herzen und einer fast noch vollen Flasche besten Champagners. Ich war vorsichtig genug, beides zu verbergen.

Ich denke praktisch über die Liebe und habe mich mit Männern wie mit Frauen vergnügt, doch ich habe nie einen Wächter für mein Herz gebraucht. Mein Herz ist ein zuverlässiges Organ.

Um Mitternacht wurde das Schießpulver angezündet, und der Himmel über San Marco zerbrach in Millionen bunte Stücke. Das Feuerwerk dauerte vielleicht eine halbe Stunde an, und in dieser Zeit konnte ich genügend Geldstücke aus ungehüteten Taschen fingern, um einen Freund zu bestechen, für eine Weile meine Bude zu übernehmen. Ich schlüpfte, auf der Suche nach ihr, durch die Menschenmenge zu dem immer noch sprudelnden Glasschuh.

Sie war verschwunden. Es waren Gesichter dort und Kostüme und Masken und Küsse und Hände überall, aber sie war nicht da. Ich wurde von einem Infanteristen aufgehalten, der mir zwei Glaskugeln zeigte und fragte, ob ich sie gegen meine austauschen wollte. Ich war nicht in der Laune für solche Spiele und drängte mich an ihm vorbei; meine Augen flehten nach einem Zeichen.

Der Roulettetisch. Der Kartentisch. Die Wahrsager. Das sagenhafte Weib mit den drei Brüsten. Der singende Affe. Das Blitzdomino und das Tarot.

Sie war nicht da.

Sie war nirgendwo.

Meine Zeit war abgelaufen, und ich kehrte zu meiner Bude zurück, voll mit Champagner und leer im Herzen.

»Eine Frau hat nach dir gefragt«, sagte mein Freund. »Sie hat dies hier zurückgelassen.«

Auf dem Tisch lag ein Ohrring. Allem Anschein nach römisch, wundersam geformt und aus jenem alten Gelbgold gemacht, das die heutige Zeit nicht mehr kennt.

Ich steckte ihn an mein Ohr, dann breitete ich die Karten zu einem vollkommenen Fächer aus und nahm die Pikdame heraus. Niemand sollte heute Nacht mehr gewinnen. Ich würde ihre Karte behalten, bis sie sie brauchte.

Heiterkeit altert schnell.

Um drei Uhr zerstreute sich die Menge, und die Nachtschwärmer entfernten sich durch die Torbögen von San Marco oder lagen dicht gedrängt vor den Cafés, die früh am Morgen öffnen und starken Kaffee anbieten würden. Die Spiele waren vorbei. Die Bediensteten vom Kasino packten ihr Glück verheißendes Filztuch und ihre bunten Streifen ein. Es würde bald dämmern. Gewöhnlich geh ich direkt nach Hause und treffe meinen Stiefvater, der unterwegs ist zur Bäckerei. Er schlägt mir auf die Schulter und macht eine spaßige Bemerkung zu meiner Arbeit im Kasino. Ein sonderbarer Mann. Ein Achselzucken und ein Zwinkern – das ist er. Er hat es nie befremdlich gefunden, dass seine Tochter, als Mann verkleidet, sich ihr Brot verdient und nebenbei Geldbörsen aus zweiter

Hand verkauft. Aber schließlich hat er's auch nicht befremdlich gefunden, dass seine Tochter mit Schwimmhäuten zwischen den Zehen geboren wurde.

»Es gibt merkwürdigere Dinge«, sagt er.

Und ich denke, er hat Recht.

Heute Morgen ist an Heimgehen nicht zu denken. Ich bin hellwach, meine Beine sind rastlos, und das einzig Vernünftige ist, ein Boot auszuleihen und mich auf venezianische Weise zu entspannen; auf dem Wasser.

Der Canale Grande wimmelt schon von Gemüsebooten. Ich scheine hier der Einzige zu sein, der nach Ruhe sucht, und die anderen beäugen mich neugierig, während sie eine Ladung ins Gleichgewicht bringen oder mit einem Freund schwätzen. Sie sind meine Landsleute und können mich beäugen, so viel sie wollen.

Ich rudere weiter unter den Rialto, diese sonderbare Brücke, die einst hochgezogen werden konnte, um die Hälfte der Stadt daran zu hindern, mit der anderen zu streiten. Schließlich wurde sie versiegelt, damit wir Brüder werden konnten, eine zweifelhafte Sache.

Brücken verbinden, doch sie trennen auch.

Hinaus jetzt, vorbei an den Häusern, die sich über das Wasser neigen. Vorbei am Kasino selbst. Vorbei an den Geldverleihern und den Kirchen und den Staatsgebäuden. Hinaus in die Lagune, nur begleitet von Wind und Möwen.

Es gibt eine Sicherheit, die von den Ruderern kommt, davon, dass Generation nach Generation so gestanden hat, leicht und rhythmisch rudernd. Diese Stadt ist voll von Geistern, die sich um die Ihren kümmern. Keine Familie wäre vollständig ohne ihre Ahnen.

Unsere Ahnen. Unser Besitz. Die Zukunft wird aus der Vergangenheit vorhergesagt, und die Zukunft ist nur möglich auf Grund der Vergangenheit. Ohne Vergangenheit und Zukunft ist die Gegenwart unvollkommen. Alle Zeit ist ewig gegenwärtig, und so sind alle Zeiten unser. Es hat keinen Sinn zu vergessen, dafür umso mehr zu träumen. So wird die Gegenwart bereichert. So wird die Gegenwart vervollständigt. Heute Morgen in der Lagune, mit der Vergangenheit neben mir rudernd, sehe ich die Zukunft auf dem Kanal glitzern. Ich erhasche mein Bild im Wasser und sehe an den Verzerrungen meines Gesichts, was vielleicht aus mir werden wird.

Wie wird meine Zukunft sein, wenn ich sie finde?

Ich werde sie finden.

Irgendwo zwischen Angst und Wollust ist die Leidenschaft.

Leidenschaft ist weniger ein Gefühl als ein Schicksal. Welche andere Wahl habe ich im Angesicht dieses Windes, als die Segel zu hissen und die Ruder ruhen zu lassen?

Der Morgen graut.

Ich verbrachte die folgenden Wochen in hektischer Betäubung.

Gibt es so etwas? Zweifellos. Es ist der Zustand, der einer besonderen Form von Geistesstörung ähnlich ist. Ich habe solche wie mich in San Servelo gesehen. Dieser Zustand äußert sich als Zwang, ständig etwas tun zu müssen, ganz gleich, wie sinnlos es ist. Der Körper muss sich bewegen, aber der Geist ist leer.

Ich lief durch die Straßen, ruderte in Kreisen um Venedig, schreckte mitten in der Nacht aus dem Schlaf, meine Muskeln starr, meine Decken verknotet. Ich arbeitete in zwei Schichten im Kasino, nachmittags als Frau und abends als Mann verkleidet. Ich aß, wenn man mir etwas vorsetzte, und schlief, wenn mein Körper vor Erschöpfung schmerzte.

Ich magerte ab.

Ich starrte ins Leere, vergaß unterwegs, wohin ich gehen wollte.

Ich fror.

Ich gehe nie zur Beichte; Gott will nicht, dass wir beichten, er will, dass wir ihn herausfordern, doch eine Zeit lang ging ich in unsere Kirchen, weil sie mit dem Herzen gebaut sind. Unwahrscheinliche Herzen, die ich vorher nie verstanden hatte. Herzen so voller Verlangen, dass die alten Steine noch immer ihre Verzückung hinausschreien. Es sind warme Kirchen, in der Hitze der Sonne erbaut.

Ich saß immer in den hinteren Reihen, lauschte der Musik und murmelte während des Gottesdienstes. Ich werde nie von Gott in Versuchung geführt, doch ich liebe sein äußeres Drum und Dran. Nicht in Versuchung geführt, doch ich beginne zu begreifen, warum andere es werden. Mit diesem Gefühl in mir, mit dieser wilden bedrohlichen Liebe, welch sicheren Ort mag es geben? Wo lagerst du das Schießpulver? Wie kannst du nachts wieder schlafen? Wenn ich ein wenig anders wär, könnt ich die Leidenschaft in etwas Heiliges verwandeln, und dann würde ich wieder schlafen. Und dann würde meine Verzückung meine Verzückung sein, aber ich würde mich nicht fürchten.

Mein schwammiger Freund, der entschieden hat, dass ich eine Frau bin, hat mir einen Heiratsantrag gemacht. Er hat mir versprochen, mich mit Reichtum und allem denkbaren eitlen Tand zu umgeben, vorausgesetzt, dass ich mich in der

Behaglichkeit unseres eigenen Hauses weiter als Knabe verkleide. Er mag das. Er sagt, er will mir Bärtchen und Hosenbeutel kaufen, die speziell für mich angefertigt sind. Einen
Heidenspaß würden wir haben, sagt er, mit Spielen aller Art
und Wein in Mengen. Zuerst wollte ich mein Messer ziehen,
gleich hier auf der Stelle im Kasino, doch da griff meine venezianische Vernunft ein, und ich dachte, ich könnte mein kleines Spiel treiben. Irgendetwas, um meinen Schmerz zu lindern, dass ich sie vielleicht nie finden würde.

Ich habe mich immer gefragt, woher sein Geld kommt. Hat
er's geerbt? Oder begleicht seine Mutter noch immer seine
Rechnungen?

Nein. Er verdient sein Geld. Er verdient sein Geld, indem er
die französische Armee mit Fleisch und Pferden versorgt.
Fleisch, sagt er mir, das normalerweise keine Katze fressen,
Pferde, auf denen kein Bettler reiten würde.

Und wie kommt er damit durch?

Weil es keinen anderen gibt, der so schnell so viel liefern
kann; sobald ein Auftrag eingeht, sind die Lieferungen schon
unterwegs.

Es scheint, dass Bonaparte seine Schlachten schnell oder gar
nicht gewinnt. Das ist sein Weg. Er braucht keine Qualität, er
braucht Einsatz. Er braucht Männer für einen kurzen An-
marsch und eine kurze Schlacht. Er braucht Pferde für einen
einzigen Angriff. Das genügt. Was macht es da schon, dass die
Pferde lahm und die Männer vergiftet sind, wenn sie nur so
lang überdauern, wie er sie braucht?

Ich würde einen Fleischmann heiraten.

Ich ließ ihn Champagner für mich kaufen. Nur den besten. Seit der heißen Nacht im August hatte ich nicht mehr Madame Clicquot gekostet. Das Prickeln auf meiner Zunge, die Kehle hinab brachte andere Erinnerungen zurück. Erinnerungen an eine einzige Berührung. Wie konnte etwas so Flüchtiges so tiefe Spuren hinterlassen?

Doch Christus sagte: »Folge mir nach«, und es geschah.

Versunken in diese Träume, nahm ich seine Hand an meinem Schenkel, seine Finger auf meinem Bauch kaum wahr. Dann musste ich plötzlich an Tintenfische und ihre Saugnäpfe denken, und ich stieß ihn von mir und schrie, dass ich ihn niemals heiraten würde, weder für allen Clicquot in Frankreich noch für ein Venedig voll Hosenbeutel. Sein Gesicht war immer rot, deshalb war es schwer zu ermessen, was er dachte bei dieser Beleidigung. Er stand auf, von wo er gekniet hatte, und strich seine Weste glatt. Er fragte mich, ob ich meine Arbeit behalten wolle.

»Ich behalte meine Arbeit, weil ich gut darin bin und Kunden wie du jeden Tag zur Tür hereinkommen.«

Da schlug er mich. Nicht fest, aber ich war verstört. Ich war nie zuvor geschlagen worden. Ich schlug zurück. Kraftvoll.

Er fing an zu lachen, kam auf mich zu und drückte mich an die Wand. Es war wie unter einem Haufen Fisch. Ich versuchte erst gar nicht zu entkommen; er war mindestens doppelt so schwer wie ich. Auch hatte ich nichts zu verlieren, hatte es längst verloren in glücklicheren Zeiten.

Er ließ einen Fleck auf meinem Hemd zurück und warf mir zum Abschied eine Münze zu.

Was konnte ich von einem Fleischmann anderes erwarten?
Ich kehrte zur Spieletage zurück.

November in Venedig, das ist der Beginn der Katarrhsaison.
Der Katarrh gehört zu unserem Erbe wie San Marco. Vor
langer Zeit, als der »Rat der Drei« auf geheimnisvolle Weise
herrschte, fiel jeder Verräter oder Glücklose, dessen man sich
entledigt hatte, offiziell dem Katarrh zum Opfer. Auf diese
Weise kam niemand in Verlegenheit. Es sind die Nebel, die
von der Lagune anrollen und ein Ende des Platzes vor dem
anderen verbergen, die uns die abscheuliche Ansteckung bringen. Auch regnet es, lautlos, trostlos, und die Bootsmänner
sitzen unter durchnässten Lumpen und starren hoffnungslos
in die Kanäle. Solches Wetter vertreibt die Fremden, und das
ist das einzig Gute, was man von ihm sagen kann. Selbst das
strahlende Wassertor von La Fenice wird grau.
Eines Nachmittags, als das Kasino mich nicht brauchte und
ich mich selbst nicht wollte, ging ich ins Café Florian, um
etwas zu trinken und auf die Piazza zu starren. Ein lohnender
Zeitvertreib.
Ich saß vielleicht eine Stunde dort, als ich plötzlich das Gefühl
hatte, beobachtet zu werden. Es war niemand in meiner Nähe,
doch da stand jemand hinter einer Trennwand etwas entfernt.
Ich ließ wieder meine Gedanken schweifen. Was machte es
schon? Wir beobachten ständig oder werden beobachtet. Der
Kellner trat an meinen Tisch, ein Päckchen in der Hand.
Ich öffnete es. Ein Ohrring. Es war das Gegenstück.
Und sie stand vor mir, und es kam mir zu Bewusstsein, dass
ich genauso gekleidet war wie in jener Nacht. Meine Hand
bewegte sich rasch zur Lippe.

»Du hast ihn abrasiert«, sagte sie.

Ich lächelte. Ich konnte nicht sprechen.

Sie lud mich für den folgenden Abend in ihr Haus zum Essen ein; ich ließ mir ihre Adresse geben und nahm an.

Später im Kasino versuchte ich, eine Entscheidung zu treffen. Sie dachte, ich sei ein junger Mann. Ich war keiner. Sollte ich als ich selbst zu ihr gehen, ihr scherzend den Irrtum erklären und mich taktvoll zurückziehen? Bei dem Gedanken krampfte sich mein Herz zusammen. Sie so bald wieder verlieren? Und was war das – ich selbst? War dieses Hosen-und-Stiefel-Ich weniger wirklich als meine Strumpfbänder? Was an mir war es, das sie anzog?

Du spielst, du gewinnst. Du spielst, du verlierst. Du spielst.

Ich gab mir Mühe, genug zu stehlen, um eine Flasche besten Champagner zu kaufen.

Wenn es drauf ankommt, sind Liebende nicht in bester Verfassung. Münder sind trocken, Handflächen feucht, Gespräche erlahmen, und die ganze Zeit droht das Herz dem Körper zu entfliegen, für immer. Liebende sind schon an Herzattacken gestorben. Liebende sind nervös, trinken zu viel und versagen kläglich. Sie essen zu wenig, so dass ihnen die Sinne schwinden bei der heiß ersehnten Vereinigung. Sie vergessen, die Lieblingskatze zu streicheln, und ihre Schminke blättert ab. Doch das ist nicht alles. Worauf immer du Wert legst – deine Kleidung, dein Abendessen, deine Poesie –, es wird versagen.

Ihr Haus war elegant, an einem ruhigen Kanal gelegen, modern, aber nicht vulgär. Der Salon war geräumig, mit großen Fenstern an beiden Enden und einem Kamin, der einem trägen Wolfshund wohl behagt hätte. Die Einrichtung war schlicht; ein ovaler Tisch und eine Chaiselongue. Verschiedene chinesische Zierstücke, die sie erwarb, wenn die Schiffe passierten. Sie besaß auch eine wundersame Sammlung von toten Insekten in gläsernen Kästen an der Wand. Ich hatte so etwas noch nie gesehen und war erstaunt über solche Liebhaberei.

Sie blieb dicht an meiner Seite, während sie mir das Haus zeigte, mich auf dieses Bild oder jenes Buch aufmerksam machte. Ihre Hand führte meinen Ellenbogen auf den Treppen, und als wir uns zum Essen niedersetzten, verzichtete sie auf jede Form und ließ mich an ihrer Seite Platz nehmen, die Flasche zwischen uns.

Wir plauderten über die Oper und das Theater und die Fremden und das Wetter und uns selbst. Ich erzählte ihr, dass mein leiblicher Vater ein Bootsmann gewesen war, und sie fragte scherzend, ob es stimmte, dass wir Schwimmhäute zwischen den Zehen hätten.

»Gewiss«, erwiderte ich, und sie lachte herzlich über diesen Spaß.

Wir hatten gegessen. Die Flasche war leer. Sie sagte, sie hätte spät im Leben geheiratet, hätte nicht erwartet, überhaupt zu heiraten, da sie eigensinnig sei und unabhängig. Ihr Ehemann handele mit seltenen Büchern und Manuskripten aus dem fernen Osten. Alten Karten, die die Verstecke von Greifen und Walfischen zeigten. Schatzkarten, die vorgaben, den Verbleib des Heiligen Grals zu kennen. Er sei ein ruhiger und gebildeter Mann, den sie sehr schätze.

Er war auf Reisen.

Wir hatten gegessen, die Flasche war leer. Es gab nichts mehr, was ohne Mühe oder Wiederholung gesagt werden konnte.

Ich war schon seit fünf Stunden bei ihr, und es wurde Zeit zu gehen. Als wir uns erhoben hatten und sie etwas holen wollte, streckte ich meinen Arm aus, mehr nicht, und sie glitt in meine Arme, so dass meine Hände auf ihren Schultern und ihre auf meinem Rücken ruhten. So verharrten wir eine Weile, bis ich den Mut fand, ganz flüchtig ihren Nacken zu küssen. Sie wich nicht zurück. Ich wurde kühner und küsste ihren Mund, biss zärtlich ihre Unterlippe.

Sie küsste mich.

»Ich kann dich nicht lieben«, sagte sie.

Erleichterung und Verzweiflung.

»Aber ich kann dich küssen.«

Und so trennten wir anfänglich unsere Lust. Sie lag auf dem Teppich und ich im rechten Winkel zu ihr, so dass nur unsere Münder sich begegnen konnten. Auf diese Weise zu küssen ist die sonderbarste aller Zerstreuungen. Der gierige Körper, der nach Erfüllung verlangt, ist gezwungen, sich mit einem einzigen Sinnesreiz zu begnügen, und so wie der Blinde deutlicher hört und der Taube das Gras wachsen fühlt, so wird der Mund zum Zentrum der Liebe, und alle Dinge verlaufen durch ihn und werden neu definiert. Es ist eine süße, präzise Tortur.

Als ich eine Weile später ihr Haus verließ, ging ich nicht gleich fort, sondern beobachtete, wie sie von Zimmer zu Zimmer die Lichter löschte. Sie ging nach oben, verschloss die Dunkelheit hinter sich, bis nur ein Licht übrig blieb, und das war ihr eigenes. Sie hatte erzählt, sie würde, wenn ihr Mann auf Reisen war, oft bis in die frühen Morgenstunden lesen. Heute Nacht las sie nicht. Sie hielt kurz am Fenster inne, dann war es finster im Haus.

Was dachte sie?

Was fühlte sie?

Ich überquerte langsam die stillen Plätze, den Rialto, wo die Nebel über dem Wasser hingen. Die Boote waren zugedeckt und leer bis auf die Katzen, die sich ihr Nachtlager unter den Sitzplanken machen. Es war niemand da, nicht einmal die Bettler, die sich selbst und ihre Lumpen in jedem Hauseingang zusammenrollen.

Wie ist es möglich, dass das Leben an einem Tag noch wohl geordnet, man selbst zufrieden, vielleicht ein wenig zynisch ist und man schon am nächsten, ganz ohne Warnung, feststellen muss, dass der feste Boden eine Falltür ist und man sich jetzt an einem ganz anderen Ort befindet, dessen Geographie ungewiss ist und dessen Gebräuche einem fremd sind.

Reisende wenigstens können wählen. Jene, die das Segel hissen, wissen, dass die Dinge nicht dieselben wie daheim sein werden. Auch Forscher sind vorbereitet. Doch wir, die wir durch die Blutbahnen reisen und zufällig zu den Städten des Inneren gelangen, wir sind nicht vorbereitet. Wir, die wir so gewandt waren, stellen fest, dass das Leben eine fremde Sprache ist. Irgendwo zwischen Sumpf und Bergen. Irgendwo zwischen Angst und Wollust. Irgendwo zwischen Gott und dem Teufel ist die Leidenschaft, und der Weg dorthin ist jäh, und der Weg zurück ist noch schlimmer.

Ich bin selbst erstaunt, mich so reden zu hören. Ich bin jung, und die Welt liegt vor mir; es wird andere geben. Seit ich ihr begegnet bin, erlebe ich meinen ersten Anflug von Trotz. Das erste Aufwallen meines Selbst. Ich werde sie nicht wieder sehen. Ich kann nach Hause gehen, diese Kleider wegwerfen und fortfahren wie früher. Ich kann fortziehen, wenn ich will.

Ich bin sicher, für eine Gunst oder zwei kann der Fleischmann überredet werden, mich mit nach Paris zu nehmen.
Leidenschaft – ich spucke drauf.
Ich spuckte in den Kanal.
Dann kam zwischen den Wolken der Mond zum Vorschein,
ein voller Mond, und ich dachte an meine Mutter, wie sie im
festen Glauben ihren Weg zu der schrecklichen Insel ruderte.

Die Oberfläche des Kanals glich poliertem Jett. Ich zog langsam meine Stiefel aus, lockerte die Schnüre. Zwischen jeder
Zehe sah ich meine eigenen Monde. Blass und undurchsich-
tig. Unbenutzt. Ich hatte oft mit ihnen gespielt und doch nie
gedacht, dass sie wirklich sein könnten. Meine Mutter hatte
mir nie erzählt, ob die Gerüchte stimmten, und ich hatte
keine Bootsmannvettern. Meine Brüder waren fortgegangen.
Konnte ich auf dem Wasser gehen?
Konnte ich's?
Ich taumelte auf den schlüpfrigen Stufen, die ins Dunkel führten. Es war November. Ich konnte sterben, wenn ich hinein-
fiel. Ich versuchte, meinen Fuß auf der Oberfläche zu halten,
und er sank hinab ins kalte Nichts.
Konnte eine Frau eine Frau mehr als eine Nacht lieben?
Ich stieg aus dem Wasser, und am Morgen erzählt man sich in
der Stadt, ein Bettler am Rialto habe einen jungen Mann über
den Kanal gehen sehen, als wäre er fest wie Glas.
Ich erzähl euch Geschichten, traut mir.

Als wir uns wieder sahen, hatte ich von einem Offizier eine
Uniform ausgeliehen. Oder, besser gesagt, gestohlen.
Und das geschah so.

Im Kasino, lang nach Mitternacht, sprach mich ein Soldat an und schlug mir eine ungewöhnliche Wette vor: Wenn ich ihn im Billard schlagen würde, schenke er mir seine Geldbörse. Er hielt sie vor meinen Augen hoch. Sie war rund und fett gepolstert. Es muss wohl das Blut meines Vaters in meinen Adern fließen, kann ich doch angesichts einer Geldbörse nicht widerstehen.

Und wenn ich verlöre? Dann müsste ich ihm meine Geldbörse schenken. Er sprach eine unmissverständliche Sprache.

Wir spielten, angefeuert von einem Dutzend Zuschauern, und zu meiner großen Überraschung spielte der Soldat sehr gut. Nach mehreren Stunden im Kasino spielt niemand mehr irgendetwas gut.

Ich verlor.

Wir gingen auf sein Zimmer. Er war ein Mann, der seine Frauen gern mit dem Gesicht nach unten liegen hatte, die Arme ausgestreckt wie der gekreuzigte Christus. Er war ein Mann von Potenz und unkompliziert und schlief bald ein. Auch hatte er etwa meine Größe. Ich ließ ihm sein Hemd und seine Stiefel und nahm den Rest.

Sie begrüßte mich wie einen alten Freund und fragte mich umgehend nach meiner Uniform.

»Du bist kein Soldat.«

»Es ist ein Maskenkostüm.«

Ich begann mich wie Sarpi zu fühlen, wie jener venezianische Priester und Diplomat, der behauptete, niemals zu lügen, und der doch nie die Wahrheit sagte. Als wir an jenem Abend aßen und tranken und würfelten, versuchte ich mehrmals, alles zu erklären. Doch meine Zunge und mein Herz sträubten sich.

»Füße«, sagte sie.

»Was?«

»Lass mich deine Füße streicheln.«

Heilige Madonna, nicht meine Füße!

»Ich ziehe meine Stiefel nie außer Haus aus. Eine Gewohnheit, ein Aberglaube.«

»Dann zieh dein Hemd aus.«

Nicht mein Hemd, wenn ich mein Hemd ablegte, würde sie meine Brüste entdecken.

»Das wäre nicht klug bei diesem ungastlichen Wetter. Wo doch alle den Katarrh haben. Denk an den Nebel.«

Ich sah ihre Augen tiefer wandern. Erwartete sie, dass mein Verlangen sichtbar war?

Was konnte ich zulassen, meine Knie?

Stattdessen beugte ich mich vor und begann ihren Nacken zu küssen. Sie vergrub meinen Kopf in ihrem Haar, und ich wurde ganz ihr Geschöpf. Ihr Duft mein Atem. Und später, als ich allein war, verfluchte ich mich dafür, wieder die Alltagsluft einzuatmen und meine Lungen von ihrem Duft zu entleeren.

Als ich ging, sagte sie: »Morgen kommt mein Mann zurück.«
Oh.

Als ich ging, sagte sie: »Ich weiß nicht, wann ich dich wieder sehe.«

Tut sie es oft? Schlendert sie, wenn ihr Mann fort ist, durch die Straßen auf der Suche nach jemandem wie mir? Jeder in Venedig hat seine Schwächen und seine Laster. Vielleicht nicht nur in Venedig. Lädt sie sie zum Essen ein, um sie dann mit ihren Augen zurückzuhalten und, ein wenig traurig, zu erklären, dass sie sie nicht lieben kann? Vielleicht ist das ihre

Leidenschaft. Leidenschaft, geboren aus Hindernissen der Leidenschaft? Und ich? Jedes Spiel enthält eine Trumpfkarte. Unvorhersehbar, unkontrollierbar. Selbst mit einer ruhigen Hand und einer Kristallkugel konnten wir die Welt nicht so regieren, wie wir es wollten. Es gibt Stürme auf hoher See und es gibt andere Stürme auf dem Land. Nur die Klosterfenster blicken gelassen auf beide.

Ich kehrte zu ihrem Haus zurück und schlug an die Tür. Sie öffnete einen Spaltbreit. Sie schien überrascht.

»Ich bin eine Frau«, sagte ich, indem ich mein Hemd hob und einen Katarrh riskierte.

Sie lächelte. »Ich weiß.«

Ich ging nicht nach Hause. Ich blieb.

Die Kirchen bereiteten sich auf Weihnachten vor. Jede Madonna wurde vergoldet, jeder Christus neu bemalt. Die Priester holten ihr prächtiges Gold und den Purpur hervor, und der Weihrauch roch besonders süß. Ich fand Gefallen daran, zwei Mal am Tag zur Messe zu gehen, um mich in der Sicherheit unseres Herrn zu aalen. Ich aale mich, wo immer ich kann und ohne ein schlechtes Gewissen zu haben. Im Sommer tu ich es an den Mauern. Oder ich sitze wie die Eidechsen der Levante auf unseren eisernen Brunnen. Ich genieße es, wie das Holz die Wärme speichert; dann nehme ich mein Boot und liege der Sonne einen Tag lang im Weg. Mein Körper löst sich, mein Geist treibt davon, und ich frage mich, ob die heiligen Männer, wenn sie von ihren Trancen sprechen, sich ähnlich fühlen. Ich habe heilige Männer aus den östlichen Ländern gesehen. Wir sahen einmal eine Darbietung von ihnen als Ausgleich für das Gesetz, das die Stierhatz verbietet.

Ihre Körper waren gelöst, doch ich habe gehört, dass es von der Nahrung kommt, die sie zu sich nehmen.

Sich aalen kann man nicht heilig nennen. Aber wenn das Ergebnis dasselbe ist – wird Gott sich daran stören? Ich glaube nicht. Im Alten Testament heiligt der Zweck stets die Mittel. Wir in Venedig verstehen das, weil wir ein praktisch denkendes Volk sind.

Die Sonne ist jetzt fort, und ich muss mich auf andere Weise aalen. Kirchen-Aalen ist nehmen, was da ist, ohne dafür zu bezahlen. Behaglichkeit und Freude nehmen und sich um den Rest nicht kümmern. Weihnachten, aber nicht Ostern. An Ostern mach ich mir nichts aus Kirchen. Es ist mir zu düster, und außerdem ist bis dahin die Sonne wieder da.

Wenn ich zur Beichte ginge, was würde ich beichten? Dass ich mich kleide wie das andere Geschlecht? Das tat auch unser Herr, das tun die Priester.

Dass ich stehle? Das tat auch unser Herr, das tun die Priester.

Dass ich verliebt bin?

Der Gegenstand meiner Liebe ist über Weihnachten verreist. Das tun sie immer zu dieser Jahreszeit. Ich dachte, es würde mich quälen, doch bis auf die ersten wenigen Tage, als mein Magen und meine Brust voller Steine waren, bin ich glücklich, beinahe erleichtert. Ich sehe meine alten Freunde wieder und bin fast so sicher auf den Füßen wie früher. Die Erleichterung kommt vom Fehlen der heimlichen Zusammenkünfte. Keine geraubten Stunden mehr. Es gab eine Woche, in der sie zwei Mal täglich frühstückte. Ein Mal zu Hause und ein Mal mit mir. Ein Mal im Salon und ein Mal auf dem Platz. Das Mittagessen danach war stets eine Qual.

Sie hat eine Leidenschaft fürs Theater, und da ihr Mann keinen Gefallen an der Bühne findet, geht sie allein. Eine Zeit lang sah sie von jedem Stück nur den ersten Akt. Danach kam sie zu mir.

Venedig wimmelt von jungen Laufburschen, die Botschaften von einer ungeduldigen Hand zur anderen tragen. In den Stunden, da wir uns nicht sehen konnten, sandten wir uns Botschaften der Liebe und Dringlichkeit. In den Stunden, da wir uns sehen konnten, war unsere Leidenschaft kurz und heftig.

Sie kleidete sich für mich. Ich habe sie nie zwei Mal das Gleiche tragen sehen.

Jetzt gebe ich mich ganz der Selbstsucht hin. Ich denke nur an mich, stehe auf, wann es mir beliebt, und nicht in aller Frühe, nur um sie ihre Fensterläden öffnen zu sehen. Ich tändele mit den Kellnern und Spielern und entsinne mich, dass es mir gefällt. Ich singe vor mich hin und aale mich in den Kirchen. Ist diese Freiheit so süß, weil sie selten ist? Ist jeder Liebesaufschub willkommen, weil er vorübergehend ist? Wär sie für immer fortgegangen – diese meine Tage wären nicht hell. Genieße ich mein Alleinsein, weil ich weiß, dass sie zurückkommt?

Hoffnungsloses Herz, das in Widersprüchen lebt; das sich nach der Geliebten verzehrt und insgeheim erleichtert ist, wenn die Geliebte fern ist. Das sich in den Nachtstunden zermürbt, verzweifelt auf ein Zeichen wartend, und beim Frühstück so selbstbeherrscht erscheint. Das sich nach Gewissheit, Treue, Mitgefühl sehnt und mit allem, was wertvoll ist, Roulette spielt.

Spielen ist kein Laster, es ist Ausdruck unserer Menschlichkeit.

Wir spielen. Manche am Spieltisch, manche nicht.
Du spielst, du gewinnst, du spielst, du verlierst. Du spielst.

Das Christuskind ist geboren. Seine Mutter wird erhöht. Sein
Vater wird vergessen. Die Engel singen im Chorgestühl, und
Gott sitzt auf dem Dach jeder Kirche und verströmt seinen
Segen auf die da unten. Welch ein Wunder, Gott zu begegnen
und dein Geschick mit seinem zu messen, zu wissen, dass
du zugleich gewinnst und verlierst. Wo sonst könntest du
dich ohne Furcht der köstlichen Qual des Opfers hingeben?
Unter seinen Lanzen liegen und deine Augen schließen? Wo
sonst bist du so Herr deiner Gefühle? Gewiss nicht in der
Liebe.
Sein Verlangen nach dir ist größer als deines nach ihm, weil er
weiß, was geschieht, wenn er dich nicht besitzt, während du,
der du nichts weißt, deine Kappe in die Luft werfen und
einen weiteren unbeschwerten Tag leben kannst. Du paddelst
im Wasser und denkst keinen Augenblick an ihn, während er
damit beschäftigt ist, die genaue Kraft der Flut um deine Fuß-
gelenke zu messen.
Aale dich. Trotz allem, was die Mönche sagen, kannst du
Gott begegnen, auch ohne früh aufzustehen. Du kannst Gott
begegnen, indem du dich auf der Kirchenbank lümmelst.
Das Leid ist eine von Menschen geschaffene Einrichtung,
weil der Mensch ohne Leidenschaft nicht existieren kann. Re-
ligion ist irgendwo zwischen Angst und Wollust. Und Gott?
Wahrhaftig? Für sich allein, ohne unsere Stimmen, die für
ihn eintreten? Besessen, glaube ich, aber nicht leidenschaft-
lich.
In unseren Träumen kämpfen wir uns manchmal von den

Ozeanen des Verlangens die Jakobsleiter hinauf zu jenem friedlichen Ort. Dann wecken uns menschliche Stimmen, und wir ertrinken.

In der Silvesternacht zog sich eine Prozession von Booten, mit unzähligen Kerzen belebt, den Canale Grande hinauf. Arm und Reich teilten dasselbe Wasser und hegten dieselben Träume, dass das nächste Jahr, auf seine Weise, besser sein würde. Mein Vater und meine Mutter, in ihren besten Bäckerkleidern, verteilten Brotlaibe an die Kranken und Mittellosen. Mein Vater war betrunken und musste daran gehindert werden, Lieder zu singen, die er einst in einem französischen Bordell gelernt hatte.

Die Verbannten, weiter draußen, verborgen in der inneren Stadt, stellten ihre eigenen Beobachtungen an. Die Kanäle waren so dunkel wie immer, doch bei näherem Hinsehen entdeckte man zerlumpte Seide auf gelben Körpern, den Schimmer eines Bechers aus einem unterirdischen Loch. Die schlitzäugigen Kinder hatten eine Ziege gestohlen und schnitten ihr, als ich vorbeiruderte, feierlich die Kehle auf. Sie ließen ihre Messer einen Augenblick ruhen, um mich zu beobachten.

Meine Philosophen-Freundin stand auf ihrem Balkon. Das heißt auf ein paar Holzplanken, die zu beiden Seiten ihrer Nische an eisernen Ringen befestigt waren. Sie trug etwas auf ihrem Kopf, einen Reif, dunkel und schwer. Ich glitt an ihr vorüber, und sie fragte, welche Uhrzeit es sein möge.

»Fast Neujahr.«

»Ich weiß. Ich riech's.«

Sie beugte sich hinab, um ihren Krug ins Wasser zu tauchen und einige kräftige Züge zu nehmen. Erst als ich vorbeigerudert war, wurde mir klar, dass ihre Krone aus Ratten gemacht war, mit ihren Schwänzen zusammengebunden.

Juden sah ich nicht. Sie machten ihre Geschäfte heute unter sich aus.

Es war bitterkalt. Kein Wind, nur die eisige Luft, die an den Lippen nagt und sich in den Lungen festfrisst. Meine Finger hielten taub die Ruder umklammert. Es fehlte nicht viel, und ich hätte mein Boot festgebunden und mich unter die Menge gemischt, die zum Markusplatz drängte. Doch dies ist keine Nacht zum Sich-Aalen. Heute Nacht sind die Geister der Toten im Freien und sprechen in fremden Zungen. Wer zuhört, wird lernen. Sie ist heute Nacht daheim.

Ich ruderte zu ihrem Haus, das sanft erleuchtet war, und hoffte, ihren Schatten, ihren Arm, irgendein Zeichen zu erblicken. Sie war nicht zu sehen, doch ich stellte sie mir vor, wie sie da saß, ein Buch in Händen, ein Glas Wein neben sich. Ihr Mann war sicher in seinem Arbeitszimmer, über einen neuen sagenhaften Schatz gebeugt. Den Verbleib des Kreuzes Christi oder die geheimen Tunnel, die zum Mittelpunkt der Erde führen, wo die Feuerdrachen sind.

Ich hielt vor ihrem Wassertor, kletterte das Gitter hinauf und schaute durchs Fenster. Sie war allein. Nicht in ein Buch vertieft, sondern starrte auf ihre Handflächen. Wir hatten einmal unsere Hände verglichen, meine sind mit tiefen Linien versehen, und obwohl ihre länger auf dieser Welt sind, haben sie die Unschuld eines Kindes. Was versuchte sie zu sehen? Ihre Zukunft? Das kommende Jahr? Oder versuchte sie, einen Sinn in der Vergangenheit zu finden? Zu verstehen, wie das Vergangene zum Gegenwärtigen geführt hat? Suchte sie die Linie ihres Verlangens nach mir?

Ich wollte eben ans Fenster klopfen, als ihr Mann eintrat. Er küsste ihre Stirn, und sie lächelte. Ich sah sie zusammen und sah in einem Augenblick mehr, als ich in einem ganzen Jahr hätte erfahren können. Sie lebten nicht in dem Feuerofen, den sie und ich bewohnten, doch sie hatten eine stille Art, die mir ein Messer ins Herz stieß.

Ich zitterte vor Kälte, plötzlich gewahrend, dass ich mich zwei Stockwerke hoch über dem Boden befand. Selbst ein Liebender hat gelegentlich Angst.

Die große Uhr auf der Piazza schlug ein Viertel vor zwölf. Ich eilte zu meinem Boot zurück und ruderte, weder Hände noch Füße spürend, hinaus in die Lagune. In dieser Stille, in dieser Ruhe dachte ich an meine eigene Zukunft, welche Zukunft es geben konnte, wenn man sich heimlich in Cafés trifft und sich immer viel zu früh trennen muss. Das Herz lässt sich so leicht zum Narren halten und glaubt, dass die Sonne zwei Mal aufgehen kann oder dass die Rosen blühen, weil wir es so wollen.

In dieser verzauberten Stadt scheint alles möglich zu sein. Die Zeit steht still. Die Gesetze der wirklichen Welt sind aufgehoben. Gott sitzt auf den Dachbalken und macht sich über den Teufel lustig, und der Teufel weist mit dem Schwanz auf unsern Herrn. Es war immer schon so. Man erzählt sich, die Bootsmänner hätten Schwimmhäute zwischen den Zehen, und ein Bettler erzählt, er habe einen jungen Mann auf dem Wasser schreiten sehen.

Wenn du mich verlässt, wird mein Herz sich in Wasser verwandeln und davonströmen.

Die Mohren neben der großen Uhr holen mit ihren Hämmern aus und und schlagen die Zeit. Bald wird die Piazza ein

Gewimmel von Körpern sein, deren Atem aufsteigt und kleine Wolken über ihren Köpfen bildet. Mein Atem schießt gerade vor mir her wie der der Feuerdrachen. Die Ahnen klagen über den Wassern, und die Orgel von San Marco beginnt zu spielen. Zwischen Frieren und Zerschmelzen. Zwischen Liebe und Verzweiflung, zwischen Angst und Wollust ist die Leidenschaft. Meine Ruder ruhen flach auf dem Wasser. Es ist der Neujahrstag 1805.

DER NULL-WINTER

Es gibt ihn nicht, den begrenzten Sieg. Jeder Sieg hinterlässt weiteren Groll, ein weiteres geschlagenes und erniedrigtes Volk. Ein weiteres Land zu bewachen, zu verteidigen und zu fürchten. Was ich über den Krieg erfahren hatte in den Jahren, bevor ich an diesen Ort kam, waren Dinge, die jedes Kind mir hätte erklären können.

»Wirst du Menschen töten, Henri?«

»Nicht Menschen, Louise, nur den Feind.«

»Was ist das, der Feind?«

»Jemand, der nicht auf deiner Seite ist.«

Niemand ist auf deiner Seite, wenn du der Eroberer bist. Deine Feinde sind zahlreicher als deine Freunde. Konnten so viele aufrichtige, gewöhnliche Menschen plötzlich Männer zum Töten, Frauen zum Vergewaltigen werden? Österreicher, Preußen, Italiener, Spanier, Ägypter, Engländer, Polen, Russen. Das waren die Völker, die entweder unsere Feinde oder unsere Abhängigen waren. Es gab noch mehr, die Liste ist zu lang.

Wir sind nie in England eingefallen. Wir marschierten aus Boulogne, ließen unsere Schaluppen verrotten und bekämpften stattdessen die Dreier-Koalition. Wir kämpften in Ulm und Austerlitz, Eylau und Friedland. Wir kämpften ohne Verpflegung, unsere Stiefel fielen auseinander, wir schliefen zwei, drei Stunden jede Nacht und starben täglich zu Tausenden. Zwei Jahre später stand Napoleon auf einer Barke mitten auf einem Fluss, umarmte den Zaren und erklärte, wir würden nie wieder kämpfen müssen. Die Engländer seien uns im Weg gewesen, doch mit Russland auf unserer Seite müssten die

Engländer uns in Frieden lassen. Keine Koalitionen mehr, keine Märsche. Warmes Brot und die Felder von Frankreich. Wir glaubten ihm. Wir glaubten ihm immer.

Bei Austerlitz verlor ich ein Auge. Domino wurde verwundet, und Patrick, der immer noch bei uns ist, sieht kaum über die nächste Flasche hinaus. Das hätte genügen sollen. Ich hätte verschwinden sollen, auf die Art, wie es Soldaten tun. Einen anderen Namen annehmen, irgendwo in einem kleinen Dorf ein Geschäft aufmachen, vielleicht sogar heiraten.

Ich hatte nicht erwartet, hierher zu kommen. Die Aussicht ist schön, und die Möwen holen sich Brot von meinem Fenster. Einer hier kocht Möwen, aber nur im Winter. Im Sommer sind sie voll von Würmern.

Winter.

Der unvorstellbare Null-Winter.

»Wir marschieren gegen Moskau«, sagte er, als der Zar ihn betrog. Es war nicht seine Absicht, er wollte einen raschen Feldzug. Einen Vergeltungsschlag gegen Russland dafür, dass es die Stirn gehabt hatte, sich ihm zu widersetzen. Er dachte, er könne seine Schlachten immer so gewinnen, wie er sie immer gewonnen hatte. Wie ein Zirkushund glaubte er, jedes Publikum würde staunen über seine tolldreisten Tricks, doch das Publikum begann sich an ihn zu gewöhnen. Die Russen machten sich nicht mal die Mühe, ernsthaft gegen die Grande Armée zu kämpfen, sie marschierten immer weiter, nicht uns entgegen, sondern gen Osten, brannten die Dörfer hinter sich nieder, ließen nicht einen Brotlaib zum Essen, nicht ein Dach zum Schlafen zurück. Sie marschierten in den Winter hinein, und wir folgten ihnen. Folgten ihnen in den russischen Winter in unseren Sommeruniformen. In den Schnee mit unseren dürftig zusammengeklebten Stiefeln. Wenn unsere Pferde vor Kälte starben, schlitzten wir ihnen die Bäuche auf und schliefen mit unseren Füßen in ihren Eingeweiden. Das Pferd einer unserer Männer gefror um ihn herum; als er am nächsten Morgen versuchte, seine Füße herauszuziehen, steckten sie fest, begraben in den kalten Gedärmen. Wir konnten ihn nicht befreien, wir mussten ihn zurücklassen. Er hörte nicht auf zu schreien.

Bonaparte reiste im Schlitten, schickte verzweifelte Befehle zu den verschiedenen Kampfabschnitten, in der Hoffnung, dass wir die Russen wenigstens an einem Punkt überlisten würden. Wir konnten sie nicht überlisten. Wir konnten kaum laufen.

Dass die Dörfer niedergebrannt wurden, traf nicht nur uns; es traf die Menschen, die hier lebten. Bauern, deren Leben mit Sonne und Mond übereinstimmte. Wie meine Mutter und mein Vater ordneten sie sich den Jahreszeiten unter und sahen freudig der Ernte entgegen. In den Tagesstunden arbeiteten sie hart und erfreuten sich an den Geschichten der Bibel und den Geschichten über die Wälder. Ihre Wälder waren voll von Geistern, manche gut, manche nicht, doch jede Familie hatte eine glückliche Geschichte zu erzählen, wie ihr Kind mit der Hilfe eines Geistes gerettet oder ihre einzige Kuh wieder zum Leben erweckt worden war.

Sie nannten den Zaren »Väterchen« und verehrten ihn, wie sie Gott verehrten. In ihrer Einfachheit erblickte ich einen Spiegel meiner eigenen Sehnsüchte und begriff zum ersten Mal mein eigenes Bedürfnis nach einem Väterchen, das mich so weit geführt hatte. Sie sind ein häusliches Volk, zufrieden des Nachts ihre Tür zu verriegeln, dicke Suppe und dunkles Brot zu essen. Sie singen Lieder, um die Nacht abzuwehren, und nehmen, wie wir, ihre Tiere im Winter mit in die Küchen. Im Winter ist die Kälte unerträglich, und der Boden ist härter als die Schwertklinge des Soldaten. Sie können nur die Lichter anzünden, von den Vorräten in ihren Kellern leben und vom Frühling träumen.

Als das Heer ihre Dörfer niederbrannte, halfen die Leute dabei, ihre eigenen Häuser, ihr Lebenswerk anzuzünden. Sie taten es für ihr Väterchen. Sie gingen hinaus in den Null-Winter, ihrem Tod entgegen, einzeln, zu zweit, zu ganzen Familien. Sie liefen hinaus in die Wälder und saßen an den gefrorenen Flüssen – nicht lange, das Blut gefriert schnell, aber lange genug, so dass manche noch immer sangen, als wir vorbeimarschierten. Ihre Stimmen hallten durch die eisige Luft, durch die glimmenden Reste ihrer Häuser zu uns herüber.

Wir hatten sie alle getötet, ohne einen einzigen Schuss abzufeuern. Ich betete, dass der Schnee fallen und sie für immer begraben würde. Wenn der Schnee fällt, kann man fast glauben, die Welt sei wieder rein.

Ist jede Schneeflocke verschieden? Niemand weiß es.

Ich muss jetzt aufhören zu schreiben. Ich muss meine Übungen machen. Sie verlangen von dir, dass du jeden Tag zur gleichen Zeit deine Übungen machst, sonst beginnen sie um deine Gesundheit zu fürchten. Sie wollen uns bei Gesundheit halten, damit, wenn Besucher kommen, diese beruhigt wieder fortgehen können. Ich hoffe, heute Besuch zu bekommen.

Meine Kameraden sterben zu sehen, war nicht das Schlimmste am Krieg, viel schlimmer war es, sie leben zu sehen. Ich hatte Geschichten über den menschlichen Körper und den menschlichen Geist gehört, über die Umstände, denen sie sich anzupassen vermögen, über Wege, die sie wählen, um zu überleben. Ich hatte von Menschen gehört, die von der Sonne verbrannt waren und denen eine zweite Haut gewachsen war, dick und schwarz wie die von angebranntem Haferbrei. Von anderen, die gelernt hatten, ohne Schlaf auszukommen, um nicht von wilden Tieren gefressen zu werden. Der Körper hängt am Leben – um jeden Preis. Auch wenn er sich selbst fressen muss. Wenn er nichts zu essen bekommt, wird er zum Kannibalen und verschlingt sein Fett, dann seine Muskeln, dann seine Knochen. Ich habe Soldaten gesehen, die, wahnsinnig vor Hunger und Kälte, ihre eigenen Arme abgehackt und gekocht haben. Wie lange kannst du weiterhacken? Beide Arme. Beide Beine. Ohren. Stücke vom Rumpf. Du könntest dich bis zum bitteren Ende zerhacken und das Herz weiter schlagen lassen in seinem geplünderten Palast.

Nein, nimm zuerst das Herz. Dann spürst du die Kälte nicht so sehr. Den Schmerz nicht so sehr. Ohne Herz gibt es keinen Grund, dich zurückzuhalten. Deine Augen können den Tod betrachten, ohne zu zittern. Es ist das Herz, das uns betrügt, das uns weinen macht, das uns unsre Freunde begraben lässt, wenn wir weitermarschieren sollten. Es ist das Herz, das uns krank macht des Nachts und macht, dass wir uns hassen. Es ist das Herz, das alte Lieder singt, Erinnerungen an warme Tage aufkommen und uns eine weitere Meile zum nächsten schwelenden Dorf taumeln lässt.

Um den Null-Winter und jenen Krieg zu überleben, machten

wir Scheiterhaufen aus unseren Herzen und vergaßen sie für immer. Fürs Herz gibt es kein Pfandhaus. Du kannst es nicht einfach abgeben, eine Weile dort lassen in einem sauberen Tuch und in besseren Zeiten wieder einlösen.

Im Angesicht des Todes vermagst du keinen Sinn zu sehen in deiner Leidenschaft fürs Leben, du kannst deine Leidenschaft nur aufgeben. Nur dann kannst du beginnen zu überleben.

Und wenn du dich weigerst?

Wenn du mitfühlen wolltest mit jedem Mann, den du getötet, jedem Leben, das du ruiniert, jeder langsam gereiften Ernte, die du zerstört, jedem Kind, dessen Zukunft du gestohlen hast, so würde der Wahnsinn seine Schlinge um deinen Nacken werfen und dich in die dunklen Wälder führen, wo die Flüsse verseucht und die Vögel stumm sind.

Wenn ich sage, ich lebte mit herzlosen Männern, so ist das Wort korrekt verwendet.

Während die Wochen sich dahinschleppten, sprachen wir immer öfter davon, nach Hause zurückzukehren, und Zuhause war nicht länger ein Ort, wo wir ebenso streiten wie lieben, wo oft das Feuer erlischt und wo es stets unangenehme Arbeiten zu verrichten gibt. Zuhause wurde zum Inbegriff von Freude und Lebenssinn. Wir begannen zu glauben, dass wir diesen Krieg führten, um nach Hause zurückkehren zu können. Um unser Zuhause zu beschützen, um es so zu erhalten, wie wir es uns vorzustellen begannen. Jetzt, da unsere Herzen verloren waren, hatten wir kein verlässliches Organ mehr, um die ständige Flut der Gefühle, die an unseren Bajonetten klebte und unsere kläglichen Feuer nährte, aufzuhalten. Es gab nichts, von dem wir nicht glaubten, dass wir es durchstehen konnten: Gott war auf unserer Seite, die Russen waren Teufel. Unsere Frauen hingen von diesem Krieg ab. Frankreich hing von diesem Krieg ab. Es gab keine andere Lösung als diesen Krieg.

Und die schlimmste Lüge? Dass wir nach Hause zurückkehren und dort anfangen könnten, wo wir aufgehört hatten. Dass unsere Herzen hinter der Tür warten würden wie der Hund. Nicht alle Männer sind glücklich wie Odysseus.

Die Hoffnung, die uns aufrecht hielt, als die Temperaturen sanken und unsere Reden verstummten, war, Moskau zu erreichen. Eine große Stadt, wo wir reichlich zu essen, wo wir Öfen zum Wärmen und Freunde finden würden. Bonaparte vertraute darauf, dass es Frieden gäbe, sobald wir dem Feind den entscheidenden Hieb versetzt hätten. Er schrieb bereits die Kapitulationsbedingungen, füllte die Zwischenräume mit Demütigungen aus und ließ eben genügend Platz für die Unterschrift des Zaren. Er schien überzeugt, wir würden siegen, wir, die wir nichts anderes taten, als hinterherzulaufen. Aber er hatte Pelze, um sein Blut zuversichtlich zu halten.

Moskau ist eine Stadt der Kuppeln, errichtet, um schön zu sein, eine Stadt der Plätze und der Verehrung. Ich habe sie gesehen, sehr kurz. Die goldenen Kuppeln, gelb und glutrot erleuchtet, Straßen und Häuser ohne Menschen.

Sie steckten sie in Brand. Schon als Bonaparte, Tage vor der restlichen Armee, eintrat, loderte sie und loderte weiter. Moskau, eine Stadt, die nicht leicht niederzubrennen war.

Wir lagerten in sicherem Abstand von dem Flammenmeer, und ich servierte ihm an jenem Abend ein mageres Huhn, umgeben von Petersilie, die der Koch im Helm eines toten Soldaten zog. Ich glaube, in jener Nacht wurde mir klar, dass ich nicht länger bleiben konnte. Ich glaube, in jener Nacht hab ich begonnen, ihn zu hassen.

Ich wusste nicht, wie sich Hass anfühlt, der Hass, der nach der Liebe kommt. Er ist groß und verzweifelt und sehnt sich danach, sich als falsch zu erweisen, und wächst mit jedem Tag, der ihn als richtig erweist. Wenn die Liebe eine Leidenschaft war, wird der Hass zur Besessenheit. Ein Bedürfnis, den einst Geliebten schwach, feige und nicht mal des Mitleids würdig zu sehen. Abscheu ist nah, Achtung fern. Der Hass gilt nicht nur dem einst Geliebten, sondern auch dir selbst; wie konntest du so einen jemals lieben?

Als Patrick Tage später eintraf, suchte ich ihn in der klirrenden Kälte und fand ihn in Säcke eingewickelt, neben sich eine Flasche mit einer farblosen Flüssigkeit. Er war immer noch unser Späher, jetzt, um in der Eis- und Schneewüste nach unerwarteten feindlichen Bewegungen Ausschau zu halten, aber er war nie nüchtern, und nicht alle seiner Meldungen wurden ernst genommen. Er winkte mir mit der Flasche zu und erklärte, er hätte sie als Ausgleich für ein Leben erhalten. Ein Bauer hätte darum gebeten, auf ehrenhafte Weise – mit seiner Familie in der Kälte – sterben zu dürfen. Dafür hätte er Patrick die Flasche angeboten. Was immer darin war, hatte ihn in finstere Stimmung versetzt. Ich schnupperte daran. Es roch nach Alter und Heu. Ich fing an zu weinen, und meine Tränen fielen wie Diamanten.

Patrick hob eine davon auf und meinte, ich solle mein Salz nicht vergeuden.

Er schluckte sie mit nachdenklicher Miene.

»Schmeckt in der Tat gut zu diesem Geist, diesem Feuer-
wasser.«

Ich erinnerte mich an die Geschichte einer verbannten Prinzessin, deren Tränen sich, wenn sie spazieren ging, in Diamanten verwandelten. Eine Elster folgte ihr und las alle Edelsteine
auf und legte sie auf den Fenstersims eines aufmerksamen
Prinzen. Der Prinz ließ das ganze Land absuchen, bis er die
Prinzessin gefunden hatte, und sie lebten glücklich zusammen. Die Elster wurde zum königlichen Vogel erhoben und
bekam einen ganzen Eichenwald, um darin zu wohnen, und
die Prinzessin ließ sich aus ihren Tränen eine Halskette an-
fertigen, nicht um sie zu tragen, sondern nur um sie anzuschauen, wenn sie einmal traurig war. Und sobald sie die
Halskette anschaute, wusste sie, dass sie's gar nicht war.

»Patrick, ich will desertieren. Willst du mit mir kommen?«

Er lachte. »Vielleicht bin ich jetzt nur halb lebendig, doch
eines weiß ich sicher: dass ich ganz und gar tot sein werde,
wenn ich mit dir in diese weiße Wüste ziehe.«

Ich versuchte nicht, ihn zu überreden. Wir saßen zusammen,
teilten die Säcke und den Geist und träumten jeder für sich.

Würde Domino mitkommen?

Er sprach nicht viel seit seiner Verletzung, die ihn eine Seite
des Gesichts gekostet hatte. Er trug ein Tuch um den Kopf gewickelt, um seine Narben abzudecken und das Blut aufzu-
saugen. Wenn er zu lange draußen in der Kälte blieb, öffneten
sich die Narben und füllten seinen Mund mit Blut und Eiter.
Der Arzt hatte es ihm erklärt: dass sich die Wunden entzündet
hatten, nachdem sie genäht worden waren. Der Arzt zuckte
die Achseln. Es war Krieg, er hatte sein Möglichstes versucht,
doch was konnte er schon tun mit Armen und Beinen überall

und nichts als Branntwein, um die Schmerzen zu lindern und die Wunden zu säubern? Zu viele Soldaten waren verwundet, es wäre besser, sie würden sterben. Domino lag zusammengekauert auf Bonapartes Schlitten in dem Zelt, wo er untergestellt wurde, und schlief. Er konnte sich glücklich schätzen, für Bonapartes persönliche Ausrüstung verantwortlich zu sein, genauso wie ich mich glücklich schätzen konnte, in der Offiziersküche zu arbeiten. Wir hatten es beide wärmer und wurden besser ernährt als die anderen. Das hört sich fast behaglich an …

Wir entgingen den schlimmsten Erfrierungen und bekamen täglich zu essen. Doch Zeltdach und Kartoffeln vermochten nichts gegen den Null-Winter; sie versagten uns nur das glückliche Vergessen, das mit dem Kältetod kommt. Wenn die Soldaten sich schließlich niederlegen und wissen, dass sie nicht mehr aufstehen, dann lächeln die meisten von ihnen. Im Schnee einzuschlafen hat etwas Tröstliches, Erleichterndes.

Er sah krank aus.

»Ich will desertieren, Domino. Willst du mitkommen?«

Er konnte an diesem Tag gar nicht sprechen, die Schmerzen waren zu schlimm. Stattdessen schrieb er in den Schnee, der unter das Zelt geweht war.

WAHNSINN.

»Ich bin nicht verrückt, Domino, du lachst mich aus, seitdem ich Soldat bin. Nimm mich endlich ernst.«

Er schrieb: WARUM?

»Weil ich nicht länger hier bleiben kann. Diese Kriege werden niemals enden. Selbst wenn wir heimkehren, wird es weitere geben. Ich habe geglaubt, er würde die Kriege ein für alle Mal beenden, das hatte er versprochen. ›Nur noch einer‹, sagte er, ›nur noch einer, dann wird Friede sein‹, und es ist immer nur noch einer gewesen. Ich will nicht mehr.«

Er schrieb: ZUKUNFT. Und dann strich er das Wort durch.

Was meinte er damit? Seine Zukunft? Meine Zukunft? Ich dachte an jene salzgetränkten Tage zurück, als die Sonne das Gras gelb gefärbt hatte und die Männer sich mit den Meerjungfrauen vermählten. Ich hatte damals mein kleines Buch begonnen, das ich noch heute habe, und Domino hatte mich ausgelacht und die Zukunft einen Traum genannt. *Es gibt nur die Gegenwart, Henri.*

Er hatte nie davon gesprochen, was er tun und wohin er gehen wollte, hatte sich nie an den ziellosen Gesprächen beteiligt, die sich immer um Besseres in einer anderen Zeit drehten. Er glaubte nicht an die Zukunft, nur an die Gegenwart, und jetzt, da sich unsere Zukunft, unsere Jahre so erbarmungslos in eine immer gleiche Gegenwart verwandelten, begann ich ihn besser zu verstehen. Acht Jahre waren vergangen, und ich war immer noch im Krieg, briet Hühner und wartete darauf, heimzukehren. Acht Jahre über die Zukunft sprechen und sie immer wieder zur Gegenwart werden sehen. Acht Jahre denken: ›Im nächsten Jahr mache ich etwas anderes‹, und dann doch genau dasselbe tun.

Zukunft. Durchgestrichen.

Genau das ist es, was der Krieg tut.

Ich will ihn nicht länger verehren. Ich will meine eigenen Fehler begehen, zu meiner eigenen Zeit sterben.

Domino schaute mich an. Der Schnee hatte seine Worte schon zugedeckt.

Er schrieb: GEH DU.

Er versuchte zu lächeln. Sein Mund konnte nicht lächeln, seine Augen aber leuchteten und hüpften, so wie er selbst gehüpft war, um Äpfel von den höchsten Bäumen zu pflücken. Jetzt pflückte er einen Eiszapfen vom grauschwarzen Zeltdach und reichte ihn mir.

Er war schön. Von der Kälte geformt, in der Mitte glitzernd. Ich betrachtete ihn genauer. Da war etwas drinnen, etwas, das vom einen Ende zum anderen genau durch die Achse verlief. Es war ein Stück dünnes Gold, das Domino gewöhnlich um seinen Hals trug. Er nannte es seinen Talisman. Was hatte er damit getan, und warum wollte er ihn mir schenken?

Er gab mir mit Handzeichen zu verstehen, dass er ihn wegen der offenen Wunden nicht länger um seinen Hals tragen konnte. Dass er ihn gesäubert, außer Sichtweite aufgehängt und heute Morgen von Eis umschlossen entdeckt hätte.

Ein ganz gewöhnliches Wunder.

Ich versuchte, ihm den Talisman zurückzugeben, doch er stieß mich von sich, bis ich nickte und sagte, ich würde ihn, wenn ich fortging, an meinen Gürtel hängen.

Ich glaube, ich hatte gewusst, dass er nicht mitkommen würde. Dass er die Pferde nicht verlassen würde. Sie waren seine Gegenwart.

Als ich zum Küchenzelt zurückkam, wartete Patrick mit einer Frau auf mich, die ich nie zuvor gesehen hatte. Sie war eine *vivandière*. Nur eine Hand voll von ihnen war übrig geblieben und ausschließlich für die Offiziere bestimmt. Die beiden waren dabei, Hühnerbeine zu verschlingen, und boten mir eines an.

»Beruhige dich«, sagte Patrick, der mein Entsetzen bemerkte.

»Sie gehören nicht unserem Herrn, unsere Freundin hier hat sie geschenkt bekommen, und als ich reinschaute, um nach dir zu suchen, war sie schon dabei, sie anzurichten.«

»Woher hast du sie?«

»Ich habe für sie meine Haut zu Markte getragen. Die Russen haben noch eine Menge davon, und es gibt noch eine Menge Russen in Moskau.«

Mir schoss das Blut in den Kopf, und ich murmelte etwas von den Russen, die längst geflohen seien.

Sie lachte und sagte, die Russen könnten sich unter den Schneeflocken verstecken. Und sie fügte hinzu: »Sie sind alle verschieden.«

»Wer? Was?«

»Schneeflocken. Denk drüber nach.«

Ich dachte drüber nach, und ich verliebte mich in sie.

Als ich sagte, dass ich in dieser Nacht fliehen wollte, fragte sie, ob sie mitkommen dürfte.

»Ich kann dir helfen.«

Ich hätte sie mitgenommen, auch wenn sie lahm gewesen wäre.

»Wenn ihr beide geht«, meinte Patrick und kippte den letzten Rest seines bösen Geistes hinunter, »dann komme ich auch mit. Ich mag nicht allein zurückbleiben.«

Ich war einen Augenblick sprachlos, sprachlos vor Eifersucht.

Vielleicht liebte Patrick sie? Vielleicht liebte sie Patrick?

Liebe. Mitten in einem Null-Winter. Was dachte ich nur?

Wir packten den Rest von ihren Vorräten und einen guten Teil von Bonapartes ein.

Er vertraute mir, ich hatte ihm nie Anlass gegeben, es nicht zu tun.

Selbst große Männer können Überraschungen erleben.

Wir nahmen, was da war, und sie kam in einen gewaltigen Pelz gehüllt zurück – noch eines ihrer Andenken an Moskau. Als wir aufbrachen, schlüpfte ich in Dominos Zelt und ließ ihm so viel an Essbarem zurück, wie ich zu erübrigen wagte, und ritzte meinen Namen in das Eis auf dem Schlitten.

Dann waren wir fort.

Wir liefen eine Nacht und einen Tag, ohne Unterbrechung. Unsere Beine nahmen einen unbeholfenen Rhythmus an, und wir wagten nicht zu rasten, aus Angst, unsere Lungen und unsere Beine würden danach versagen. Wir sprachen nicht, hatten Nasen und Münder fest umwickelt, nur Sehschlitze für unsere Augen gelassen. Der Schnee war nicht frisch, und unsere Hacken klirrten auf dem hart gefrorenen Boden.

Ich musste an eine Frau mit ihrem Säugling denken, deren Hacken auf dem Pflaster Funken sprühten.

»Glückliches neues Jahr, Soldat.«

Warum scheinen alle glücklichen Erinnerungen von gestern zu sein, obwohl sie Jahre zurückliegen?

Wir gingen in die Richtung, aus der wir hergezogen waren, und benutzten die verkohlten Dörfer als schaurige Wegweiser. Doch wir kamen nur langsam voran und mieden die Straßen aus Angst, russischen oder, schlimmer noch, den eigenen Truppen in die Arme zu laufen. Meuterer oder Verräter, wie sie gewöhnlich genannt werden, konnten nicht mit Nachsicht rechnen und erhielten keine Gelegenheit, Entschuldigungen vorzubringen. Wir nächtigten, wo wir einen natürlichen Schutz finden konnten, und schmiegten uns, Wärme suchend, eng aneinander. Ich wollte sie berühren, doch ihr Körper war ganz und gar bedeckt, und meine Hände steckten in Handschuhen.

Als wir am siebten Abend aus dem Wald traten, entdeckten wir eine Hütte, voll mit alten Musketen, ein Munitionslager der Russen, vermuteten wir, doch es hielt sich niemand in der Nähe auf. Wir waren erschöpft und versuchten unser Glück in der Hütte, indem wir mit Pulverresten aus den Fässern ein Feuer anzündeten. Es war die erste Nacht, in der wir genügend geschützt waren, um unsere Stiefel auszuziehen. Patrick und ich streckten schon bald unsere Zehen den Flammen entgegen, bleibende Schäden an unseren Füßen riskierend.

Unsere Weggefährtin lockerte die Schnüre, behielt aber ihre Stiefel an. Auf meine Frage, wie man auf solch unerwarteten Luxus verzichten konnte, sagte sie: »Mein Vater war ein Bootsmann. Bootsmänner ziehen nie ihre Stiefel aus.« Wir schwiegen aus Achtung vor ihren Sitten oder einfach aus Erschöpfung, doch sie bot sich an, uns ihre Geschichte zu erzählen, wenn wir zuhören wollten.

»Ein Feuer und eine Geschichte«, sagte Patrick. »Jetzt fehlt uns nur noch ein Tropfen von etwas Heißem.« Sprach's und zauberte aus den Tiefen seiner unergründlichen Taschen eine zweite verstöpselte Flasche jenes bösen Geistes.

Und dies war ihre Geschichte.

Ich bin immer ein Spieler gewesen. Es ist eine Neigung, die mir angeboren ist wie Stehlen und Lieben. Was ich nicht instinktiv wusste, schnappte ich bei meiner Arbeit im Kasino auf, indem ich andere beim Spiel beobachtete und lernte, was den Menschen teuer ist und was sie deshalb riskieren. Ich lernte, das Spiel zu einer Herausforderung zu machen, damit es unwiderstehlich wird. Wir spielen in der Hoffnung zu gewinnen, doch was uns erregt, ist der Gedanke an das, was wir verlieren können.

Wie du spielst, ist eine Sache des Temperaments. Karten, Würfel oder Domino – solche Vorlieben sind ganz ohne Belang. Ich komme aus der Stadt der Chancen, wo alles möglich ist und wo doch alles seinen Preis hat. In dieser Stadt werden über Nacht große Reichtümer gewonnen – und verloren. So ist es immer schon gewesen. Schiffe, die Seide und Gewürze befördern, sinken, der Diener betrügt seinen Herrn, das Geheimnis wird bekannt, und die Glocke beklagt einen weiteren Unfalltod. Doch auch die mittellosen Abenteurer sind hier stets willkommen, sie bringen Glück, und oft färbt ihr Glück auf sie selbst ab. Manche kommen zu Fuß in die Stadt und verlassen sie hoch zu Ross, andere, die ihr Vermögen in alle Winde hinausposaunten, betteln heute auf dem Rialto. So ist es immer schon gewesen.

Der kluge Spieler behält stets etwas zurück, etwas, mit dem er ein anderes Mal spielen kann; eine Taschenuhr, einen Jagdhund. Doch der Teufelsspieler behält etwas Wertvolles zurück, etwas, mit dem man nur ein Mal im Leben spielen kann. Hinter einem geheimen Paneel bewahrt er es auf, das kostbare, einzigartige Ding, von dem niemand ahnt, dass er's besitzt.

Ich kannte einen solchen Mann; er war kein Trinker, keiner, der hinter jeder Wette herjagt, noch ein Besessener, der sich lieber die letzten Kleider vom Leibe reißt, als heimzugehen. Ein grüblerischer Mann, von dem es hieß, er handele mit Gold und dem Tod. Er verlor Unsummen, wie Spieler es tun;

er gewann Unsummen, wie Spieler es tun; doch er zeigte nie große Gefühlsregungen, und ich konnte nicht ahnen, dass Wichtiges auf dem Spiel stand. Ein Gelegenheitsspieler, dachte ich und achtete nicht weiter auf ihn. Siehst du, ich liebe die Leidenschaft, liebe es, unter Verzweifelten zu sein.

Ich hatte ihn falsch eingeschätzt. Er wartete auf die Wette, die ihn dazu verleiten würde, das aufs Spiel zu setzen, was ihm am teuersten war. Er war ein echter Spieler, war bereit, das kostbare, einzigartige Ding zu riskieren, freilich nicht für einen Hund oder einen Hahn oder etwas Belangloses.

An einem ruhigen Abend, als die Tische halb leer waren und die Dominosteine in ihren Schachteln ruhten, schlenderte er umher, verwettete kleine Beträge, trank und tändelte.

Ich langweilte mich.

Dann trat ein Mann in den Raum, keiner von unseren Stammkunden, keiner, den wir jemals gesehen hatten, und nach ein paar halbherzigen Glücksspielen stieß er auf diesen Menschen und verwickelte ihn in ein Gespräch. Sie sprachen mehr als eine halbe Stunde und so eindringlich, dass wir glaubten, es seien alte Freunde, und schnell unser Interesse an ihnen verloren. Dann aber bat der reiche Mann mit dem seltsam gebeugten Gefährten an seiner Seite um die Erlaubnis, etwas kundtun zu dürfen, eine höchst bemerkenswerte Wette, und so machten wir die Raummitte frei und ließen ihn sprechen.

Es schien, dass sein Gefährte, jener Fremde, aus den Einöden der Levante gekommen war, wo exotische Echsen brüten und alles ungewöhnlich ist. In seinem Land gab sich niemand am Spieltisch mit wertlosen Glücksgütern ab; dort ging es um höhere Einsätze.

Ein Leben.

Der Einsatz war ein Leben. Der Gewinner sollte dem Verlierer sein Leben nehmen, auf eine Art, wie es ihm beliebte. So langsam, wie es ihm beliebte, und mit den Werkzeugen seiner Wahl. Sicher war, dass nur ein Leben verschont bleiben würde.

Unser reicher Freund war sichtbar erregt. Seine Augen blickten durch die Gesichter und Spieltische hindurch in einen Raum, der uns verschlossen war, in dem Schmerz und Verlust wohnen. Was konnte es ihm ausmachen, seine Reichtümer zu verlieren?

Er hatte Reichtümer zu verlieren.

Was konnte es ihm ausmachen, seine Mätresse zu verlieren?

Es gibt Frauen genug.

Was würde es ihm ausmachen, sein Leben zu verlieren?

Er hatte ein Leben. Es war ihm teuer.

Viele in jener Nacht flehten heimlich, er möge nicht fortfahren mit diesem Spiel, erblickten in dem Fremden etwas Unheilvolles, fürchteten vielleicht, man würde ihnen dasselbe Angebot machen oder es ausschlagen.

Was du riskierst, ist, was dir teuer ist.

Dies waren die Bedingungen.

Eine Wette aus drei Spielen.

Das erste, Roulette, wo nur der Zufall regiert.

Das zweite, die Karten, wo Geschicklichkeit mitspielt.

Das dritte, Domino, wo Geschicklichkeit König und das Glück in Verkleidung dabei ist.

Wird es deine Farben tragen?

Dies ist die Stadt der Verkleidungen.

Die Bedingungen wurden vereinbart und streng überwacht. Gewinner war der, der zwei von drei Spielen gewann, oder, falls ein Zuschauer Protest einlegte, ein Entscheidungsspiel, das der Kasinoleiter nach Belieben auswählen konnte.

Die Bedingungen schienen fair. Mehr als fair in dieser betrügerischen Welt, doch es gab unter uns immer noch einige, die beunruhigt waren wegen des Fremden, so bescheiden und harmlos er sich auch gab.

Wenn der Teufel Würfel spielt, kommt er dann in dieser Gestalt?

Kommt er so ruhig daher und flüstert uns ins Ohr?

Wenn er als ein Lichtengel käme, sollten wir sofort auf der Hut sein.

Das Zeichen wurde gegeben: Spielt.

Wir tranken das ganze erste Spiel hindurch, sahen das Rot und das Schwarz unter unseren Händen sich drehen, sahen die helle Metallkugel mit einer Zahl liebäugeln, dann mit einer anderen, unschuldig an Sieg oder Verlust. Zunächst hatte es den Anschein, unser reicher Freund müsste gewinnen, doch dann, im letzten Augenblick, sprang die Kugel aus ihrer Kerbe und drehte sich weiter mit jenem grässlichen, abnehmenden Geräusch, das den letzten möglichen Wechsel markiert.

Das Rad kam zum Stillstand.

Es war der Fremde, den Fortuna liebte.

Einen Augenblick lang herrschte Stille, wir erwarteten ein Zeichen – gewisse Besorgnis auf der einen, gewisse Genugtuung auf der anderen Seite –, doch mit Gesichtern wie aus Wachs standen die beiden Männer auf und begaben sich zu dem Glück verheißenden grünen Filztuch. Zu den Karten. Kein Mann weiß, was sie enthalten mögen. Ein Mann muss auf seine Hand vertrauen.

Sie spielten vielleicht eine Stunde lang, und wir tranken, um unsere Lippen feucht zu halten, unsere Lippen, die jedes Mal austrockneten, wenn eine Karte fiel und der Fremde mit jeder fallenden Karte zum Sieg verurteilt schien. Es herrschte eine sonderbare Übereinstimmung im Saal, dass der Fremde nicht gewinnen dürfe, dass er um unserer aller willen verlieren müsse. Wir zwangen unseren reichen Freund mit gemeinsamer Willenskraft dazu, all seinen Scharfsinn und sein Glück zu vereinen, und er tat es.

Er gewann bei den Karten, und sie standen gleich.

Die Blicke der beiden Männer begegneten sich, bevor sie am Domino-Tisch Platz nahmen. Im Gesicht eines jeden spiegelte sich etwas von dem des anderen. Unser reicher Freund hatte einen berechnenden Ausdruck angenommen, während die Miene seines Herausforderers gedankenvoller, weniger wölfisch war als zuvor.

Es war von Anfang an klar, dass sie auch bei diesem Spiel gleich stark waren. Sie spielten geschickt, schätzten Lücken und Augenzahlen ein, machten blitzschnelle Berechnungen und vereitelten die Pläne des Gegners. Wir hatten aufgehört zu trinken. Da war kein Laut, keine Bewegung, außer dem Klicken der Dominosteine auf dem Marmortisch.

Es waren keine Steine mehr übrig. Keine Lücken.

Der Fremde hatte gewonnen.

Die beiden Männer standen gleichzeitig auf und schüttelten sich die Hände. Dann legte der reiche Mann seine Hände auf den Marmor, und wir sahen, dass sie zitterten. Schön geformte, gepflegte Hände, die zitterten. Der Fremde nahm es zur Kenntnis und schlug mit einem flüchtigen Lächeln vor, die Bedingungen ihrer Wette zu erfüllen.

Keiner von uns sagte ein Wort, keiner von uns versuchte, ihn zurückzuhalten. Wollten wir, dass es geschah? Hofften wir, ein Leben könnte Ersatz sein für viele andere?

Ich weiß nichts von unseren Beweggründen, ich weiß nur, dass wir schwiegen.

Und dies war die Todesart: Zerstückelung, Glied um Glied, angefangen bei den Händen.

Der reiche Mann nickte fast unmerklich und ging, nachdem er sich vor uns verbeugt hatte, in Begleitung des Fremden davon. Wir hörten und sahen nichts mehr von ihnen, bis wir eines Tages, Monate später – wir hatten uns längst damit beruhigt, dass es nur ein Scherz gewesen sei, dass die beiden an der nächsten Ecke, kaum außer Sichtweite vom Kasino, Abschied genommen und sich nur einen Schreck eingejagt hätten – zwei Hände zugesandt bekamen, zwei Hände, sorgfältig maniküert und sehr weiß, auf grünem Filztuch in einem Glaskasten. Zwischen Zeigefinger und Daumen der Linken steckte eine Roulettekugel, zwischen Zeigefinger und Daumen der Rechten ein Dominostein.

Der Leiter des Kasinos hängte den Glaskasten an die Wand, und dort hängt er heute noch.

Ich sagte, dass hinter dem geheimen Paneel ein kostbares, einzigartiges Ding versteckt ist. Wir sind uns seiner nicht immer bewusst, nicht immer gewahr, was wir vor neugierigen Augen verbergen und dass diese neugierigen Augen manchmal unsere eigenen sein können.

Es geschah eines Nachts vor acht Jahren, dass eine Hand überraschend das Paneel beiseite schob und mir das zeigte, was ich für mich behalten wollte.

Mein Herz ist ein verlässliches Organ – wie konnte es mein Herz sein? Mein Alltags-, mein Arbeitsherz, das über das Leben lachte und nichts von sich verraten wollte. Ich habe Puppen aus dem Osten gesehen, die sich eine in die andere stecken lassen, eine die andere umhüllend, und deshalb weiß ich, dass sich das Herz verbergen kann.

Es war ein Glücksspiel, auf das ich mich einließ, und mein Herz war der Einsatz. Solche Spiele lassen sich nur ein Mal spielen. Solche Spiele sollten besser gar nicht gespielt werden.

Es war eine Frau, die ich liebte, und ihr werdet zugeben, dass dies nicht eben alltäglich ist. Ich kannte sie erst seit fünf Monaten. Wir verbrachten neun Nächte zusammen, und ich sah sie nie wieder. Ihr werdet zugeben, dass dies nicht eben alltäglich ist.

Ich habe die Karten stets den Würfeln vorgezogen, deshalb hätte es mich nicht wundern sollen, eine Trumpfkarte gezogen zu haben.

Die Pikdame.

Ihr Leben war schlicht und elegant, und ihr Mann wurde gelegentlich fortgerufen, um eine neue Rarität zu prüfen (er handelte mit Büchern und Karten); er wurde fortgerufen, kurz nachdem wir uns begegnet waren. Neun Tage und neun Nächte verbrachten wir in ihrem Haus, ohne je die Tür zu öffnen, ohne je aus dem Fenster zu schauen.

Wir waren nackt und schämten uns nicht.

Und wir waren glücklich.

Am neunten Abend wurde ich eine Weile allein gelassen, weil sie vor der Rückkehr ihres Mannes gewisse Dinge vorzubereiten hatte. An jenem Tag klatschte der Regen gegen die Fenster, füllte die Kanäle und wühlte die Abfälle auf, Abfälle, von denen sich die Ratten ernähren und die Verbannten in ihrem dunklen Labyrinth. Es war zu Anfang des neuen Jahres. Sie sagte, sie liebe mich. Ich habe nie an ihrem Wort gezweifelt, weil ich fühlen konnte, wie wahr es war. Wenn sie mich liebkoste, wusste ich, dass ich geliebt wurde, und das mit einer Leidenschaft, die ich nie zuvor gekannt hatte. Weder bei einem anderen noch bei mir selbst.

Liebe ist heute zur Mode geworden, und wir in dieser Stadt der Mode wissen die Liebe auf die leichte Schulter zu nehmen und unsere Herzen in Schach zu halten. Ich hielt mich für eine zivilisierte Frau und entdeckte, dass ich eine Halbwilde war. Wenn ich daran dachte, sie zu verlieren, wollte ich lieber mit ihr an einem einsamen Ort ertrinken, als mich wie ein wildes Tier fühlen, das keinen Freund hat.

In der neunten Nacht aßen und tranken wir wie üblich allein im Haus; die Diener waren fortgeschickt worden. Sie kochte mit Vorliebe Omelettes mit Kräutern; wir aßen sie mit scharfen Radieschen, die sie bei einem Händler kaufte. Bisweilen geriet unser Gespräch ins Stocken, und ich sah das Morgen in ihren Augen. Morgen, wenn wir uns trennen und unsere seltsamen Treffen in entfernten Vierteln wieder aufnehmen würden. Wir gingen gewöhnlich in ein Café, voll mit Studenten aus Padua und Künstlern auf der Suche nach Inspiration. Sie war dort nicht bekannt. Ihre Freunde konnten sie dort nicht finden. So hatten wir uns getroffen, auch in Stunden getroffen, die uns nicht gehörten, bis zu diesem Geschenk der neun Nächte.

Ich konnte ihre Traurigkeit nicht erwidern; sie war zu groß.

Es ist sinnlos, jemanden zu lieben, dem du nur zufällig bewusst werden kannst.

Der Spieler wird getrieben von der Hoffnung zu gewinnen, an der Kehle gepackt von der Angst zu verlieren, und wenn er gewinnt, glaubt er, das Glück auf seiner Seite zu haben und weiter zu gewinnen.

Wenn neun Nächte möglich waren, warum dann nicht zehn?

So verstreichen die Wochen, und du wartest auf die zehnte Nacht, wartest, wieder zu gewinnen, und verlierst doch nur Stück für Stück das kostbare, einzigartige Ding, das unersetzlich ist.

Ihr Mann befasste sich nur mit einzigartigen Dingen, er kaufte nie etwas, das schon ein anderer besitzen könnte.

Würde er dann mein Herz kaufen und ihr schenken?

Ich hatte es schon neun Nächte verpfändet. Am Morgen, als ich sie verließ, sagte ich ihr nicht, dass ich sie nie wieder sehen würde. Ich unterließ es einfach nur, eine Verabredung zu treffen. Sie drängte mich auch nicht dazu, sie hatte oft gesagt, sie nehme sich, seit sie älter wurde, was sie konnte vom Leben und erwarte doch wenig.

Dann war ich fort.

Jedes Mal wenn ich versucht war, zu ihr zu eilen, ging ich stattdessen ins Kasino und sah zu, wie sich irgendein Narr am Spieltisch selbst erniedrigte. Ich könnte spielen um eine weitere Nacht, doch nach der zehnten Nacht käme die elfte Nacht, die zwölfte und so weiter bis hinein in den lautlosen

Raum, wo der Schmerz wohnt, nie genug zu bekommen. Der lautlose Raum voll von hungernden Kindern. Sie liebte ihren Mann.

Ich beschloss zu heiraten.

Es gab da einen Mann, der mich eine Zeit lang gewollt hatte, ein Mann, den ich zurückgewiesen, den ich verachtet hatte. Ein reicher Mann mit Fettpolstern auf den Fingern. Er sah mich gern als Knabe verkleidet. Ich verkleide mich hie und da gern als Knabe. Diese Vorliebe teilten wir.

Er kam jede Nacht ins Kasino, spielte mit hohen Einsätzen und spielte doch nie um zu Wertvolles. Er war kein Narr. Er griff mit seinen schrecklichen Händen nach mir, mit Fingerspitzen, die sich wie platzende Eiterbeulen anfühlten, und fragte mich, ob ich meine Meinung zu seinem Angebot geändert hätte. Wir würden die ganze Welt bereisen, sagte er. Nur wir drei. Er, ich und mein Hosenbeutel.

Die Stadt, aus der ich komme, ist eine unbeständige Stadt. Ihre Größe ist nicht immer dieselbe, Straßen tauchen über Nacht auf, andere verschwinden wieder, neue Wasserläufe bahnen sich ihren Weg über trockenes Land. Es gibt Tage, da kannst du nicht vom einen Ende zum anderen laufen, so weit ist die Reise, und dann wieder gibt es Tage, da führt dich schon ein kleiner Spaziergang um dein ganzes Königreich.

Ich hatte zu glauben begonnen, diese Stadt sei nur von zwei Menschen bewohnt, die sich spürten und doch nie begegneten. Wann immer ich ausging, hoffte und fürchtete ich, auf den anderen zu treffen. In den Gesichtern der Fremden sah ich nur ein Gesicht, und im Spiegel sah ich mein eigenes. Die Welt.

Die Welt ist sicher groß genug, um sich ohne Furcht bewegen zu können.

Wir wurden ohne Zeremoniell getraut und brachen sogleich nach Frankreich auf, nach Spanien, sogar nach Konstantinopel. Er war ein Mann von Wort, zumindest in diesem Punkt, und ich trank meinen Kaffee jeden Monat an einem anderen Ort.

In einer gewissen Stadt, wo das Klima mild war, lebte ein junger jüdischer Mann, der seinen Kaffee gern auf den Straßenterrassen trank und die Welt an sich vorbeiziehen ließ. Matrosen und Reisende sah er und Frauen mit Schwänen im Haar und alle möglichen sonderbaren Zerstreuungen.

Eines Tages sah er eine junge Frau vorbeifliegen, ihre Kleider flatterten hinter ihr her.

Sie war schön, und weil er wusste, dass Schönheit uns gut macht, bat er sie, einen Augenblick zu verweilen und seinen Kaffee zu teilen.

»Ich bin auf der Flucht«, sagte sie.

»Auf der Flucht vor wem?«

»Vor mir selbst.«

Doch sie willigte ein, sich ein Weilchen zu ihm zu setzen, weil sie einsam war.

Sein Name war Salvatore.

Sie sprachen über die Berge und die Oper. Sie sprachen über Tiere mit metallenem Fell, die einen ganzen Fluss durchschwimmen können, ohne einmal nach Luft auftauchen zu müssen. Sie sprachen über das kostbare, einzigartige Ding, das jeder besitzt und geheim hält.

»Hier«, sprach Salvatore, »schaut her«, und er holte ein Kästchen hervor, das außen emailliert und innen kostbar gefüttert war, und darinnen befand sich sein Herz.

»Gebt mir Eures dafür.«

Doch sie konnte es nicht, weil sie ohne ihr Herz reiste, weil es anderswo schlug.

Sie dankte dem jungen Mann und kehrte zu ihrem Ehemann zurück, dessen Hände wie Krebse über ihren Körper krabbelten.

Und der junge Mann dachte oft an eine schöne Frau, an jenen sonnigen Tag, als der Wind ihre Ohrringe wie Flossen bewegte.

Wir reisten zwei Jahre, dann stahl ich seine Uhr und alles Geld, das er bei sich hatte, und verließ ihn. Ich kleidete mich als Knabe, um nicht erkannt zu werden, und während er seinen Rausch ausschlief und den Gänsebraten verdaute, schlüpfte ich ins Dunkel, das mir schon immer ein guter Freund war.

Ich nahm sonderbare Arbeiten an auf Schiffen und in großen Häusern, erlernte fünf Sprachen und sah die Stadt des Schicksals drei weitere Jahre nicht wieder, bis ich, einer Laune folgend und weil ich mein Herz zurückhaben wollte, ein Schiff nach Hause nahm. Doch ich hätte mein Schicksal nicht aufs Spiel setzen sollen in dieser schrumpfenden Stadt. Er hatte mich bald gefunden, und sein Zorn darüber, beraubt und verlassen worden zu sein, hatte sich nicht gelegt, obwohl er damals schon mit einer anderen Frau zusammenlebte.

Einer seiner Freunde, ein weltkluger Mann, schlug eine kleine Wette für uns beide vor, eine Möglichkeit, unseren Streit zu lösen. Wir sollten Karten spielen, und falls ich gewann, sollte ich frei sein, zu kommen und zu gehen, wie es mir beliebte, ausgestattet mit so viel Geld, wie ich dazu brauchte. Falls ich verlor, sollte mein Mann mit mir verfahren, wie es ihm beliebte, ohne mich sittlich belästigen oder mich töten zu dürfen.

Welche Wahl hatte ich?

Damals glaubte ich, schlecht zu spielen, doch später entdeckte ich durch einen Zufall, dass die Karten gezinkt waren und die ganze Wette ein Schwindel war.

Ich sagte schon, mein Mann ist kein Narr.

Es war der Herzbube, der mir zum Verhängnis wurde.

Als ich verloren hatte, glaubte ich, er würde mich zwingen, nach Hause zu kommen, und das wäre das Ende gewesen, doch stattdessen ließ er mich drei Tage warten und schickte mir dann einen Boten, der mich zu ihm führte.

Er war, als ich eintraf, in Begleitung seines Freundes, der die Wette vorgeschlagen hatte, und eines Offiziers von hohem Rang – einem Franzosen, der, wie sich herausstellte, General Murat war.

Dieser Offizier sah mich in meinen Frauenkleidern von oben bis unten an und bat mich dann, in meine bequeme Verkleidung zu schlüpfen. Er war voller Bewunderung und zog, als er sich von mir abwandte, einen großen Beutel aus seiner Tasche und stellte ihn auf den Tisch zwischen sich und meinen Mann.

»Der Preis, den wir vereinbart hatten«, sagte er.

Und mein Mann zählte die Münzen, wobei seine Finger zitterten.

Er hatte mich verkauft.

Ich sollte mich der Armee anschließen, den Generalen zu ihrem Vergnügen.

Das war, so versicherte mir Murat, eine Ehre.

Sie ließen mir nicht genügend Zeit, mein Herz zu holen, nur mein Gepäck, doch ich bin ihnen dankbar dafür, dies ist kein Ort für ein Herz.

Sie verstummte.

Patrick und ich, die wir uns nicht gerührt hatten, außer um unsere verkohlenden Füße zu schützen, brachten kein Wort hervor. Sie war es, die wieder das Schweigen brach.

»Reich mir diesen bösen Geist, eine Geschichte verdient eine Belohnung.«

Sie schien unbeschwert, und die Wolken, die während der ganzen Geschichte ihr Gesicht verdunkelt hatten, waren wie weggefegt, doch ich fühlte, wie meine eigenen sich erst zusammenzuballen begannen.

Sie würde mich niemals lieben.

Ich hatte sie zu spät gefunden.

Ich wollte mehr erfragen über ihre Wasserstadt, die nie dieselbe ist, wollte ihre Augen aufleuchten sehen vor Liebe zu etwas – wenn schon nicht vor Liebe zu mir –, doch sie breitete ihre Pelze aus und richtete sich zum Schlafen. Ganz vorsichtig legte ich meine Hand auf ihre Wange, und sie lächelte, meine Gedanken lesend.

»Wenn wir durch diesen Schnee kommen, nehm ich dich mit in die Stadt der Verkleidungen, und du wirst eine finden, die zu dir passt.«

Noch eine? Ich bin schon verkleidet in dieser Soldatenuniform.

Ich will nach Hause.

Nachts, während wir schliefen, fiel wieder der Schnee. Wir

konnten am Morgen die Tür nicht aufschieben, weder Patrick noch ich, noch wir alle zusammen. Wir mussten das Holz dort niederreißen, wo es aufgesplittert war, und da ich noch immer mager bin, war ich derjenige, der als Erster mich durch die Schneewehe graben musste, die höher war als ein Mann.

Mit den Händen begann ich die tödlich berauschende Masse zu schaufeln, die mich lockte, darin zu versinken, um nie wieder aufzutauchen. Schnee sieht nicht kalt aus, sieht nicht aus, als hätte er überhaupt so etwas wie eine Temperatur. Wenn er fällt und du diese Teilchen von Nichts mit deinen Händen fängst, scheint es dir unmöglich, dass sie jemanden verletzen können. Scheint es dir unmöglich, dass einfache Anhäufung solch einen Unterschied machen kann.

Vielleicht nicht. Selbst Bonaparte begann zu begreifen, dass Zahlen wichtig sind. In diesem riesigen Land gibt es Meilen und Männer und Schneeflocken, die unsere Mittel übersteigen.

Ich zog meine Handschuhe aus, um sie trocken zu halten, und sah, wie meine Hände von Rot zu Weiß und dann zum schönsten Meeresblau überwechselten und dort, wo die Adern sich erheben, fast purpurn, fast die Farbe der Anemonen annahmen. Ich konnte spüren, wie meine Lungen zu gefrieren begannen.

Zu Hause, auf dem Hof, erhellt der Frost des Nachts den Boden und erhärtet die Sterne. Die Kälte dort schlägt dich wie mit hundert Peitschen, doch es ist nie so kalt, dass du dich selbst von innen gefrieren fühlst. Dass die Luft, die du atmest, Nebel und Flüssigkeit aufsaugt und in Eisseen verwandelt. Wenn ich den Atem einzog, war mir, als würde ich einbalsamiert.

Ich brauchte fast den ganzen Morgen, um den Schnee so weit beiseite zu räumen, dass wir die Tür öffnen konnten. Wir brachen auf mit Schießpulver und den wenigen Vorräten, die uns blieben. Unser Plan war, auf direktem Weg nach Polen – oder dem Herzogtum Warschau, wie Napoleon es umbenannt hatte – zu gelangen, dann weiter durch Österreich, über die Donau und schließlich nach Venedig oder Triest, falls die Häfen blockiert wären. Eine Reise von guten dreizehnhundert Meilen.

Villanelle verstand sich auf Kompass- und Kartenlesen. Einer der Vorteile, wie sie sagte, wenn man mit Generalen schlief.

Die Schneewehen machten unser Weiterkommen noch mühsamer, und wir hätten zwei Wochen nach unserem Aufbruch sterben können, wären wir nicht gezwungen gewesen, einen Umweg zu machen, der uns zu einer Häusergruppe abseits der Heeresfronten führte. Als wir in der Ferne Rauch aufsteigen sahen, glaubten wir, es sei ein weiteres Opfer für das Väterchen, doch Patrick schwor, er sähe Dachfirste und keine Geschütze. So mussten wir darauf vertrauen, dass nicht der böse Geist uns führte. Wenn es ein brennendes Dorf war, konnten die Truppen nicht fern sein.

Auf Villanelles Rat hin gaben wir vor, Polen zu sein. Sie beherrschte die Sprache so gut wie Russisch und erklärte den misstrauischen Dörflern, dass wir von den Franzosen gefangen genommen, aber geflohen seien, nachdem wir die Wachen getötet hätten. Deshalb unsere Uniformen, die wir gestohlen hätten, um nicht erkannt zu werden. Als die russischen Bauern hörten, dass wir Franzosen getötet hätten, leuchteten ihre Augen vor Freude, und sie luden uns in ihre Häuser ein und versprachen uns Brot und Unterkunft. Durch sie und Villanelles Übersetzung erfuhren wir, dass nur wenige Orte des Herzogtums verschont geblieben und wie verheerend die Feuer gewesen waren. Dass ihre eigenen Häuser noch standen, war vor allem darauf zurückzuführen, dass ein russischer Offizier von hohem Rang sich in die Tochter des Ziegenhirten verliebt hatte. Die wundersame Geschichte einer zufälligen Verführung, die sein Herz und seine Fantasie angerührt hatte. Dieser Russe nun hatte versprochen, das Dorf zu verschonen. Er hatte seine Truppen so umgeleitet, dass auch die nachstoßenden Franzosen den anderen Weg gezogen waren.

Liebe, so scheint es, kann selbst einen Krieg und einen Null-Winter überleben. Wie die Schneehimbeeren, erklärte unser Gastgeber, so ist auch die Liebe. Und er beschrieb uns, dass diese zarten köstlichen Früchte immer im Februar wachsen, allen Unbilden des Wetters zum Trotz. Keiner weiß, wie sie gedeihen können, wenn die Kiefern an den Wurzeln erfrieren und selbst die abgehärteten Ziegen im Haus gehalten werden müssen.

Die Tochter des Ziegenhirten war eine Berühmtheit geworden.

Villanelle hatte gesagt, dass sie und ich verheiratet seien, und so wurden wir zum Schlafen in dasselbe Bett gesteckt, während unser armer Patrick das Lager mit dem Sohn des Hauses, einem liebenswerten Idioten, teilen musste. Am zweiten Morgen hörten wir Schreie aus Patricks Kammer und fanden ihn im Bett, auf dem Rücken liegend; und auf ihm hockte der Sohn, der groß war wie ein Ochse und auf einer hölzernen Flöte wundersame Töne spielte, während Patrick unter ihm jämmerlich stöhnte. Wir konnten den Koloss nicht von der

Stelle bewegen, bis die Frau unseres Gastgebers herbeieilte und den Jungen, der weinte und heulte, mit ihrem Küchentuch in den Schnee hinausjagte. Wenig später kam er zurückgekrochen, legte sich seiner Mutter zu Füßen und starrte mit großen Augen ins Leere.

»Er ist ein guter Junge«, erklärte sie Villanelle.

Offenbar war er bei seiner Geburt von einem Geist heimgesucht worden, der ihm entweder Verstand oder Körperkraft angeboten hatte. Die Frau unseres Gastgebers zuckte die Schultern. Was nutzte einem schon Verstand an einem Ort wie diesem, wo es Ziegen zu hüten und Bäume zu fällen gab? Sie hatten dem Geist gedankt und um Körperkraft gebeten, und jetzt konnte ihr Sohn, der erst vierzehn war, fünf Männer gleichzeitig hochheben oder eine Kuh wie ein Lamm auf seinen Schultern tragen. Er aß aus einem Eimer, weil keine Schüssel groß genug war, um seinen Appetit zu stillen. Und so saßen wir bei den Mahlzeiten – wir drei vor unseren Schüsseln, der Bauer und seine Frau vor ihrem harten Brot und ihr Sohn, mit Schultern so breit wie das Fensterkreuz, vor seinem Eimer, aus dem er mit einer Kelle schöpfte.

»Wird er heiraten?«, fragte Villanelle.

»Selbstverständlich«, meinte unser Gastgeber erstaunt. »Jede Frau hätte gern einen solch starken Burschen zum Mann. Wir werden zur rechten Zeit eine für ihn finden.«

Nachts lag ich wach neben Villanelle und lauschte ihren Atemzügen. Sie schlief zusammengerollt mit dem Rücken zu mir und gab kein Zeichen, dass sie berührt werden wollte. Ich berührte sie, als ich sicher war, dass sie schlief. Ließ meine Hand über ihren Rücken gleiten und fragte mich, ob sich alle

Frauen so weich und so fest anfühlten. Eines Nachts drehte sie sich plötzlich um und bat mich, sie zu lieben.

»Ich weiß nicht wie.«

»Dann werde ich dich lieben.«

Wenn ich an diese Nacht zurückdenke, hier an diesem Ort, wo ich für immer bleiben werde, so zittern meine Hände, und meine Muskeln schmerzen. Ich verliere jedes Gefühl dafür, ob es Tag ist oder Nacht, ich verliere jedes Gespür für meine Arbeit, wenn ich diese Geschichte schreibe und versuche, euch mitzuteilen, was wirklich geschehen ist, versuche, nichts zu verklären. Ich kann zufällig daran denken, und meine Augen trüben sich, verwischen die Worte vor mir, und meine Feder weigert sich zu schreiben. Ich kann über Stunden daran denken, und doch ist es immer derselbe Augenblick, an den ich denke. An ihr Haar, als sie sich über mich beugte, rot mit Strähnen von Gold, ihr Haar auf meinem Gesicht, auf meiner Brust. Sie ließ es über mich fallen, und mir war, als läge ich im hohen Gras, sicher und geborgen.

Als wir das Dorf verließen, verließen wir es auf Abkürzungswegen, die uns die Bewohner in unsere Karten gezeichnet hatten, und mit mehr Mundvorrat, als sie uns hätten schenken sollen. Ich war von Gewissensbissen geplagt, weil sie uns – außer Villanelle – hätten töten sollen.

Wohin immer wir kamen, trafen wir auf Männer und Frauen, die die Franzosen hassten. Männer und Frauen, über die man hinweg entschieden hatte. Sie waren keine gebildeten Menschen, sie waren Menschen vom Land, die sich mit wenig begnügten und sich eifrig um Brauchtum und Gott bemühten. Obwohl sich an ihrem Leben nicht viel verändert hatte, fühlten sie sich gekränkt, weil ihre Führer gekränkt worden waren, fühlten sich schlecht regiert und zürnten den Armeen und Marionetten-Königen, die Bonaparte zurückgelassen hatte. Bonaparte meinte, stets zu wissen, was gut sei für ein Volk, wie es zu verbessern und zu erziehen sei. Und er verbesserte, wohin immer er kam, und vergaß dabei doch stets das eine: dass selbst einfache Leute frei sein wollen, ihre eigenen Fehler zu begehen.

Bonaparte wollte keine Fehler.

In Polen gaben wir vor, Italiener zu sein, und konnten auf das Mitgefühl zählen, das ein besetztes Volk für ein anderes hegt. Als Villanelle ihre venezianischen Ursprünge offenbarte, hob man die Hand vor den Mund, und fromme Frauen bekreuzigten sich. Venedig, die Stadt des Teufels. War es wirklich so? Selbst die Entrüstetsten kamen zu ihr geschlichen und fragten, ob es in dieser Stadt wahrhaftig elftausend Huren gab, alle reicher als Könige?

Villanelle, die es liebte, Geschichten zu erzählen, spann und wob für sie ihre wildesten Träume. Sie sagte sogar, dass die Bootsmänner Schwimmhäute zwischen den Zehen hätten, und während Patrick und ich kaum unser Lachen unterdrücken konnten, rissen die Polen Augen und Mund auf, und einer riskierte sogar, exkommuniziert zu werden, als er meinte, dass Christus vielleicht dank desselben Geburtsfehlers auf dem Wasser gehen konnte.

Auf unserer Reise hörten wir von der Grande Armée erzählen, von den vielen Tausend Gefallenen, und es machte mich krank, von solcher Vergeudung, solch sinnloser Vergeudung zu hören. Bonaparte sagte, eine Nacht in Paris mit den Huren würde jeden ersetzen. Mag sein, aber es würde siebzehn Jahre dauern, bis sie erwachsen wären.

Selbst die Franzosen hatten es irgendwann satt. Selbst die Frauen ohne Ehrgeiz wollten etwas mehr, als nur Knaben produzieren, die als Kanonenfutter dienen, und Mädchen, die heranwuchsen, um noch mehr Knaben zu produzieren. Wir wurden müde. Talleyrand schrieb an den Zaren: *Die Franzosen sind zivilisiert, ihr Oberhaupt ist es nicht …*

Wir sind nicht besonders zivilisiert, wir wollten lange Zeit, was er wollte. Wir wollten Ruhm und Eroberung und Sklaven und Ehre. Sein Verlangen brannte länger als unseres, weil er kaum befürchten musste, dafür mit dem Leben zu zahlen. Er behielt das kostbare, einzigartige Ding bis zum letzten Augenblick hinter dem geheimen Paneel, wir aber, die wir außer dem Leben wenig besaßen, setzten von Anfang an das aufs Spiel, was wir hatten.

Er sah, was wir fühlten.

Er nahm unsere Verluste in Kauf.

Er hatte Zelte und Nahrung, als wir starben.

Er versuchte, eine Dynastie zu gründen. Wir kämpften um unser Leben.

Es gibt ihn nicht, den begrenzten Sieg. Eine Eroberung zieht nur zwangsläufig die nächste nach sich, um zu schützen, was hinzugewonnen wurde. Wir fanden auf unserem Weg keine Freunde Frankreichs, nur niedergeschmetterte Feinde. Feinde wie du und ich mit denselben Hoffnungen und Ängsten, weder gut noch böse. Man hatte mich gelehrt, nach Ungeheuern und Teufeln Ausschau zu halten, und ich fand nur gewöhnliche Menschen.

Doch auch die gewöhnlichen Menschen hielten nach Teufeln Ausschau. Besonders die Österreicher glaubten, die Franzosen seien grausam und verachtenswert. Da man uns immer noch für Italiener hielt, wurden wir großzügig und stets zu unseren Gunsten mit den Franzosen verglichen. Wenn ich nun meine Verkleidung, meine Maske abgelegt hätte? Was dann? Hätte ich mich vor ihren Augen in einen Teufel verwandelt? Ich fürchtete, dass sie mich wittern, dass ihre Nasen, so darauf abgerichtet, alles zu hassen, was nur entfernt nach Bonaparte roch, mich auf der Stelle entlarven würden. Doch offensichtlich sind wir, was wir scheinen. Wie absurd ist doch unser Hass, wenn wir ihn nur unter den augenfälligsten Umständen zu erkennen vermögen.

Wir hatten fast die Donau erreicht, als Patrick sich mit einem Male sonderbar zu verhalten begann. Wir waren seit mehr als zwei Monaten unterwegs und befanden uns in einem Tal, umgeben von Fichtenwäldern. Wir waren wie Ameisen in einem grünen Käfig. Wir ließen es uns gut gehen, jetzt, da wir den Schnee und die schlimmste Kälte hinter uns gelassen hatten. Unsere Stimmung war gehoben; noch zwei Wochen, und wir waren vielleicht schon in Italien. Patrick hatte seit unserem Aufbruch von Moskau Lieder gesungen. Unverständliche, unmelodische Lieder, Lieder freilich, an die wir uns gewöhnt, denen wir unseren Schritt angepasst hatten. Seit einem Tag war er verstummt, aß kaum und wollte nicht sprechen. Als wir in jener Nacht im Tal an unserem Feuer saßen, fing er an, von Irland zu erzählen, und wie er sich wünschte, daheim zu sein. Er fragte sich, ob er den Bischof überreden könnte, ihm seine Pfarrei zurückzugeben. Er sei gerne Pfarrer gewesen. »Und nicht nur wegen der Mädchen oder nur wenig.«

Er sagte, es mache wohl einen Sinn, ob man glaube oder nicht, es mache einen Sinn, in die Kirche zu gehen und sich Gedanken über jemanden zu machen, der nicht mit dir verwandt oder dein Feind ist.

Ich sagte, das sei heuchlerisch, und er sagte, Domino hätte Recht: Im Grunde sei ich ein Puritaner und verstünde nichts von Schwächen, von Unordnung und einfacher Menschlichkeit.

Seine Worte verletzten mich sehr, doch ich denke, er hat Recht, und es ist ein Fehler von mir.

Villanelle erzählte uns von den Kirchen in Venedig mit ihren Malereien von Engeln, von Teufeln und Dieben und ehebrecherischen Frauen und Tieren überall. Patricks Miene erhellte sich, und er meinte, er wolle sein Glück zunächst in Venedig versuchen.

Er weckte mich auf in tiefer Nacht. Er fieberte und tobte. Ich versuchte, ihn zu bändigen, doch er ist stark, und weder ich noch Villanelle wagten uns in die Nähe seiner fuchtelnden Fäuste und tretenden Füße. Trotz der kühlen Nacht war er schweißgebadet, und es war Blut auf seinen Lippen. Wir legten unsere Decken auf ihn, und ich brach in die Dunkelheit auf, vor der ich mich noch immer fürchtete, um mehr trockenes Holz zu finden und dem Feuer neue Nahrung zu geben. Wir errichteten ihm einen glühenden Ofen, doch er wurde nicht warm. Er schwitzte und wälzte sich und schrie, dass er zu Tode fröre, dass der Teufel in seinen Lungen säße und ihm die Verdammnis einhauche.

Er starb im Morgengrauen.

Wir hatten keine Schaufeln, kein Werkzeug, um in die schwarze Erde zu graben, und so trugen wir ihn an Händen und Füßen zum Rand des Fichtenwaldes und bedeckten ihn mit Farn und Reisig und Blättern. Begruben ihn wie einen Igel, der auf den Sommer wartet.

Dann begannen wir uns zu fürchten. Woran war er gestorben? Konnten wir uns angesteckt haben? Trotz der Witterung und unseres dringenden Wunsches, so schnell wie möglich voranzukommen, gingen wir zum Fluss und wuschen uns und unsere Kleider und zitterten in der schwachen Nachmittagssonne am Feuer. Villanelle sprach finster vom Katarrh, doch ich wusste damals noch nichts von dieser venezianischen Krankheit, die mich jetzt in jedem November heimsucht.

Als wir Patrick zurückließen, ließen wir auch ein wenig von unserer Zuversicht zurück.

Wir hatten zu glauben begonnen, ans Ziel unserer Reise zu gelangen, doch jetzt erschien es uns immer unwahrscheinlicher. Wenn einer gehen kann, warum dann nicht drei? Wir versuchten zu scherzen, uns an sein Gesicht, als der Ochsen-Junge auf ihm hockte, und an seine wilden Visionen zu erinnern; einmal hatte er behauptet, er hätte die Jungfrau Maria auf einem vergoldeten Esel den Himmel hinabreiten sehen. Er sah immer irgendwelche Dinge, und es war nicht wichtig, was oder wie, wichtig war nur, dass er's sah und dass er uns Geschichten erzählte. Geschichten waren alles, was wir hatten.

Er hatte uns Geschichten über sein wunderbares Auge erzählt und wann er es zum ersten Mal entdeckte. Es war an einem heißen Sommermorgen in der Grafschaft Cork, und die Kirchentüren waren weit geöffnet, um die Hitze und den Schweißgeruch hinauszulassen, einen Geruch, den auch die gründlichste Wäsche nach sechs Tagen auf dem Felde nicht entfernen kann. Patrick hielt eine schöne Predigt über die Hölle und die Gefahren des Fleisches, und seine Augen schweiften über seine Gemeinde; das heißt nur sein rechtes Auge, denn er musste feststellen, dass sein linkes auf zwei seiner Schäfchen gerichtet war, die, Meilen entfernt, unter Gottes Himmel Ehebruch begingen, während Gemahl und Gemahlin andächtig in seiner Kirche knieten.

Nach der Predigt war Patrick zutiefst verwirrt. Hatte er sie wirklich gesehen, oder war er, wie der heilige Hieronymus, ein Opfer lüsterner Visionen? Er suchte die beiden noch am Nachmittag auf und erkannte an ihren schuldigen Mienen, dass sie wirklich getan hatten, was er glaubte gesehen zu haben.

Es gab eine Frau in seiner Gemeinde, sehr fromm und mit Brüsten so groß, dass sie ihr vorauseilten, und Patrick stellte fest, dass er, wenn er in dem kleinen Pfarrhaus an seinem Fenster stand, direkt in ihr Schlafzimmer sehen konnte, und das ohne Hilfe eines Fernrohrs. Er schaute gelegentlich hinüber, nur um zu prüfen, dass sie nicht in Sünde lebte. Denn gewiss, so meinte er, hatte ihm der Herr dies Auge für einen rechtschaffenen Zweck geschenkt.

Hatte er Samson nicht Stärke geschenkt?

»Und auch Samson war ein Mann für die Frauen.«

Konnte er uns jetzt sehen? Konnte er von seinem Platz neben der Heiligen Jungfrau herabschauen und uns dahinwandern und an ihn denken sehen? Vielleicht waren jetzt seine beiden Augen weitsichtig. Ich wünschte ihn im Himmel, obwohl ich nicht glaubte, dass es einen solchen Ort gab.

Ich wünschte, sein Auge würde uns heimbegleiten.

Viele meiner Freunde waren tot. Nur einer war übrig geblieben von uns fünf jungen Burschen, die wir mehr von der Welt hatten sehen wollen als die roten Scheunen und die Kühe, denen wir auf die Welt geholfen hatten. Andere, die ich mit den Jahren kennen gelernt, an die ich mich gewöhnt hatte, waren, tödlich verwundet, auf diesem oder jenem Schlachtfeld zurückgeblieben. Ein kämpfender Mann hütet sich, zu viele Freundschaftsbande zu knüpfen. Ich sah, wie eine Kanonenkugel einen Steinmetz, den ich geschätzt hatte, in zwei Stücke zerriss; ich versuchte, seine beiden Hälften vom Schlachtfeld zu tragen, doch als ich zurückkam, um seine Beine zu holen, waren sie nicht mehr zu unterscheiden von all den anderen Beinen. Es gab einen Zimmermann, den man erschoss, weil er aus seinem Gewehrkolben ein Kaninchen geschnitzt hatte.

Der Tod auf dem Schlachtfeld schien glorreich, wenn wir nicht auf dem Schlachtfeld waren. Doch für Männer, die verwundet und halb verstümmelt waren und durch den erstickenden Rauch in die feindlichen Linien getrieben wurden, wo die Bajonette warteten, für die war der Tod auf dem Schlachtfeld nur das, was er wirklich war. Der Tod. Das Sonderbare ist, dass wir immer wieder zurückkehrten. Die Grande Armée hatte mehr Rekruten, als sie ausbilden konnte, und nur wenige Deserteure, wenigstens bis vor kurzem noch. Bonaparte sagte, der Krieg läge uns im Blut.

Konnte das wahr sein?

Und wenn es wahr ist, werden diese Kriege nie enden. Nicht jetzt und nicht in Zukunft. Wann immer wir »Frieden« rufen und heim zu unseren Liebchen laufen und den Boden bestellen, werden wir nicht im Frieden leben, sondern in einer Waffenruhe, einer Galgenfrist bis zum nächsten Krieg. In der Zukunft wird immer nur Krieg sein. In der durchgestrichenen Zukunft.

Er kann uns nicht im Blut liegen.

Warum sollte ein Volk, das die Trauben und die Sonne liebt, im Null-Winter für einen einzigen Mann sterben wollen?

Warum tat ich es? Weil ich ihn liebte. Er war meine Leidenschaft, und wenn wir in den Krieg ziehen, fühlen wir uns nicht mehr wie ein laues Volk.

Was dachte Villanelle?

Männer sind gewalttätig. Das ist die ganze Geschichte.

An ihrer Seite zu sein war, als presste man sein Auge an ein besonders buntes Kaleidoskop. Sie war wie die reinen Farben des Regenbogens, und obwohl sie besser als ich die Doppeldeutigkeiten des Herzens kannte, war sie in ihrem Denken nicht doppeldeutig.

»Ich komm aus der Stadt der Verwirrungen«, sagte sie, »aber wenn du mich nach einer Richtung fragst, sag ich sie dir auf der Stelle.«

Wir waren jetzt im Königreich Italien, und ihr Plan war, ein Boot nach Venedig zu nehmen, um mich bei ihrer Familie zu verstecken, bis es sicher für mich wäre, nach Frankreich zurückzukehren. Dafür wolle sie mich um einen Gefallen bitten, und diese Bitte betraf ihr Herz.

»Meine Geliebte hat es immer noch. Ich hab es bei ihr zurückgelassen. Du sollst mir helfen, es wiederzubeschaffen.«

Ich versprach ihr meine Hilfe, doch da gab es etwas, was ich wollte; warum hatte sie nie ihre Stiefel ausgezogen? Nicht einmal, als wir in Russland bei den Bauern wohnten? Nicht einmal im Bett?

Sie lachte und warf ihr Haar zurück, und ihre Augen waren hell mit zwei tiefen Furchen zwischen den Brauen. Sie schien mir die schönste Frau zu sein, die ich je gesehen hatte.

»Ich sagte es dir. Mein Vater war ein Bootsmann. Und Bootsleute ziehen nie ihre Stiefel aus.« Das war alles, was sie sagen wollte, ich aber war fest entschlossen, bei meiner Ankunft in der verzauberten Stadt mehr über diese Bootsmänner und ihre Stiefel in Erfahrung zu bringen.

Wir hatten das Glück, eine Fähre zu finden, und auf dieser ruhigen glitzernden See schienen Krieg und Winter plötzlich Jahre zurückzuliegen. Wie die Vergangenheit eines anderen. Und so geschah es, dass ich im Mai des Jahres 1813 einen ersten Blick auf Venedig warf.

Wenn du dich Venedig auf dem Schiff (was nicht anders möglich ist) näherst, ist dir, als sähest du eine erfundene Stadt sich aus den Wassern erheben und in der Luft erzittern. Es ist ein Trick des frühen Lichts, die Häuser schimmern zu lassen, so dass sie nie still zu stehen scheinen. Die Stadt ist nach keinem Grundriss gebaut, den ich ergründen könnte, sondern scheint sich hier und da dreist emporgehoben zu haben. Scheint wie Hefe angeschwollen zu sein in ihre eigene Form. Es gibt keine Grenzen, keinen Hafen; dein Schiff geht in der Lagune vor Anker, und im Handumdrehen, ehe du dich's versiehst, bist du auf dem Markusplatz. Ich beobachtete Villanelles Gesicht; das Gesicht des Heimkehrenden, der nichts sieht als die Heimkehr. Ihre Augen flackerten auf, verschlangen, was sie sahen, und sandten die stille Botschaft aus, dass sie zurück sei. Ich beneidete sie darum. Ich war immer noch ein Verbannter.

Wir kamen an Land, und sie führte mich bei der Hand durch ein unmögliches Labyrinth, über etwas, das ich als Brücke der Fäuste und, noch unglaublicher, als Kanal der Toiletten zu verstehen glaubte, bis wir an einen ruhigen Wasserweg kamen.

»Dies ist die Rückseite meines Hauses«, sagte sie. »Die Eingangstür liegt am Kanal.«

Führen ihre Eingangstüren ins Wasser?

Ihre Mutter und ihr Stiefvater empfingen uns mit solch einem Ausbruch der Freude, wie ich ihn mir immer bei der Rückkehr des verlorenen Sohns vorgestellt hatte. Sie zogen Stühle heran, und wir saßen so eng beieinander, dass sich unsere Knie berührten. Ihre Mutter sprang immer wieder auf, holte Teller mit Kuchen und Krüge mit Wein. Bei jeder unserer Geschichten schlug mir ihr Vater auf den Rücken und brüllte »Ha, Ha!«, und ihre Mutter hob die Hände zur Madonna und sagte: »Welch ein Segen, dass ihr hier seid.«

Dass ich Franzose bin, störte sie nicht im Geringsten. »Nicht jeder Franzose ist Napoleon Bonaparte«, meinte ihr Vater. »Ich habe ein paar gute gekannt, leider gehörte Villanelles Mann nicht dazu.«

Ich blickte sie verdutzt an. Sie hatte nie gesagt, dass ihr fetter Mann Franzose war. Ich hatte immer geglaubt, ihre Kenntnis meiner Sprache rühre daher, dass sie die meiste Zeit ihres Lebens an der Seite von Soldaten verbracht hatte.

Sie hob die Schultern, ihre übliche Geste, wenn sie etwas nicht erklären wollte, und fragte stattdessen, was aus ihrem Mann geworden sei.

»Er kommt und geht, wie immer, doch du kannst dich verstecken.«

Der Gedanke, uns beide zu verstecken – zwei Flüchtige aus verschiedenen Gründen –, rief bei Villanelles Eltern wahre Begeisterung hervor.

»Als ich mit einem Bootsmann verheiratet war«, sagte ihre Mutter, »geschah so etwas jeden Tag, doch die Bootsleute halten zusammen, und jetzt, da ich mit einem Bäcker verheiratet bin«, sie kniff ihm in die Wange, »gehen sie ihren Weg, und ich geh meinen.« Ihre Augen lachten, und sie beugte sich so weit vor, dass ich ihr Frühstück riechen konnte. »Henri, mein Junge, ich könnte dir Geschichten erzählen, dass dir die Haare zu Berge stehen.« Und sie schlug mir so heftig aufs Knie, dass ich fast vornüberfiel.

»Lass den Jungen in Ruhe«, sagte ihr Mann. »Er kommt eben aus Moskau gelaufen.«

»Madonna«, rief sie, »wie konnte ich nur?« Und sie zwang mich, noch ein Stück Kuchen zu essen.

Als mir schwindlig wurde vor Kuchen und Wein und ich fast vor Erschöpfung zusammenbrach, führte sie mich im Haus herum und machte mich ganz besonders auf ein kleines Gitter aufmerksam, mit einem Spiegel, der so angebracht war, dass man jeden Besucher am Wassertor erkennen konnte.

»Wir werden nicht immer hier sein, und du musst wissen,

wem du die Tür öffnest. Vorsichtshalber solltest du auch deinen Bart abrasieren. Wir Venezianer sind nicht haarig, deshalb würdest du nur auffallen.«

Ich dankte ihr und schlief zwei Tage.

Am dritten Tag erwachte ich in einem stillen Haus, und mein Zimmer lag völlig im Dunkeln, weil die Fensterläden fest verschlossen waren. Ich stieß sie auf und ließ das gelbe Licht herein, das mein Gesicht berührte und seine Strahlen quer über den Boden schickte. Der Raum war niedrig und uneben, mit blassen Rechtecken an den Wänden, wo Bilder gehangen hatten. Ich fand einen Waschtisch und einen Krug mit eiskaltem Wasser, doch nach so viel Kälte und in dieser Wärme brachte ich es kaum über mich, meine Finger hineinzutauchen, um mir den Schlaf aus den Augen zu waschen. Es war auch ein Spiegel da. Mannshoch, auf einem hölzernen Drehständer. Der Spiegel war stellenweise trüb, aber ich konnte mich sehen, mager und knochig, mit einem zu großen Kopf und einem wilden Bart. Sie hatten Recht. Ich musste ihn abrasieren, bevor ich das Haus verließ. Von meinem Fenster, das auf den Kanal schaute, sah ich eine ganze Welt in Booten geschäftig auf und ab fahren. Gemüseboote, Personenboote, Boote mit Baldachinen, die reiche Damen vor Sonne und Regen schützten, und Boote so dünn wie Messerklingen mit schnabelartigem Bug. Dies waren die sonderbarsten von allen, denn ihre Besitzer rudern sie im Stehen. So weit ich sehen konnte, war der Kanal in regelmäßigen Abständen mit fröhlich gestreiften Pfählen markiert, manche, an denen Boote befestigt waren, andere mit vergoldeten Spitzen, die in der Sonne aufblitzten.

Ich schüttete das schmutzige Wasser mit den Resten meines Bartes in den Kanal und betete, dass meine Vergangenheit für immer versunken sei.

Ich verirrte mich sofort. Wohin Bonaparte seinen Fuß setzt, entstehen gerade Straßen, Gebäude werden rationalisiert, Straßennamen können geändert werden, um eine Schlacht zu feiern, doch sie sind immer deutlich markiert. Wenn sie hier überhaupt Straßenschilder mit Namen anbringen, gebrauchen sie am liebsten immer wieder dieselben. Selbst Bonaparte konnte Venedig nicht rationalisieren.

Dies ist eine Stadt der Wahnsinnigen.

Überall fand ich eine Kirche, und manchmal schien es, als hätte ich denselben Platz wieder gefunden, doch mit anderen Kirchen. Vielleicht wuchern diese Kirchen wie Pilze über Nacht und lösen sich im Morgengrauen ebenso schnell wieder auf. Vielleicht bauen die Venezianer sie über Nacht. Auf der Höhe ihrer Macht bauten sie täglich eine Galeone, voll eingerichtet. Warum nicht eine Kirche, voll eingerichtet? Der einzige wohl durchdachte Ort in der ganzen Stadt ist der öffentliche Garten, und selbst dort erheben sich in nebliger Nacht vier düstere Kirchen und stören die Ordnung der schnurgeraden Pinienreihen.

Ich kehrte erst nach fünf Tagen zum Haus des Bäckers zurück, weil ich den Weg nicht finden konnte und zu befangen war, französisch mit diesen Leuten zu sprechen.

Ich lief, nach Bäckereien Ausschau haltend, witterte wie ein Spürhund in der Hoffnung, einen Hinweis in der Luft aufzufangen.

Doch ich fand nur Kirchen.

Schließlich bog ich um eine Ecke, um die ich glaubte, wohl schon hundert Mal gebogen zu sein, und sah Villanelle in einem Boot ihre Haare flechten.

»Wir dachten, du seist nach Frankreich zurückgegangen«, sagte sie. »Mamma war untröstlich. Sie hätte dich so gerne zum Sohn.«

»Ich brauche einen Plan.«

»Der würde dir nicht weiterhelfen. Dies ist eine lebende Stadt. Die Dinge ändern sich.«

»Städte nicht, Villanelle.«

»O doch, Henri.«

Sie hieß mich, ins Boot zu steigen, und versprach mir, unterwegs etwas zum Essen zu beschaffen.

»Ich nehme dich mit auf eine Rundfahrt, dann wirst du dich nicht wieder verirren.«

Das Boot roch nach Urin und Kohl, und ich fragte sie, wem es gehörte. Es gehöre einem Mann, sagte sie, der Bären züchte. Einem ihrer Verehrer. Ich lernte, nicht zu viele Fragen zu stellen; Wahrheit oder Lüge – die Antworten waren meist wenig befriedigend.

Wir glitten aus dem Sonnenlicht hinein in Tunnel so eisig kalt, dass meine Zähne aufeinander schlugen, vorbei an klammen Lastbarken, hoch beladen mit namenloser Fracht.

»Diese Stadt verhüllt sich. Kanäle verbergen andere Kanäle, Gassen kreuzen sich und kreuzen sich wieder, so dass du nicht weißt, welche es ist, wenn du hier nicht dein ganzes Leben verbracht hast. Selbst wenn du die wichtigen Punkte kennst und sicher deinen Weg vom Rialto zum Getto und hinaus in die Lagune findest, gibt es immer noch Orte, die du nie finden wirst. Wenn du sie aber findest, siehst du vielleicht San

Marco nie wieder. Lass dir viel Zeit bei dem, was du tust, und sei stets bereit, einen anderen Weg einzuschlagen, etwas zu tun, was nicht geplant war, wenn die Straßen dich hier- oder dorthin führen.«

Wir ruderten in einer Form, die mir wie eine Acht erschien. Als ich Villanelle erklärte, dass sie absichtlich geheimnisvoll sei und mich auf einen Weg führe, den ich niemals wieder finden würde, lächelte sie und sagte, dass dies ein uralter Weg sei, an den nur ein Bootsmann sich zurückerinnern könne.

»Die Städte des Inneren sind auf keiner Karte verzeichnet.«

Wir glitten vorbei an geplünderten Palästen mit Vorhängen, die aus den dunklen Fensterhöhlen flatterten; hin und wieder erblickte ich eine magere Gestalt auf einem verfallenen Balkon.

»Das sind die Verbannten, die Menschen, die Bonaparte vertrieben hat. Diese Menschen sind tot und verschwinden doch nie.«

Wir glitten an einer Gruppe von Kindern vorbei mit alten, bösen Gesichtern.

»Ich fahre dich zu einer Freundin.«

Der Kanal, in den sie jetzt einbog, war übersät mit Unrat und toten Ratten, die ihre rosafarbenen Bäuche dem Himmel entgegenstreckten. Manchmal wurde es so eng, dass wir kaum passieren konnten. Sie stieß sich von den Wänden ab, und ihre Ruder schabten an Generationen grünbraunen Schleims entlang. Niemand konnte hier leben.

»Welche Uhrzeit mag es sein?«

»Besuchszeit«, lachte Villanelle. »Ich hab einen Freund mitgebracht.«

Sie lenkte ihr Boot in eine übel riechende Nische, wo auf gefährlich schwankenden Planken eine Frau kauerte, ein Mütterchen, das so eingefallen und so schmutzig war, dass ich es kaum für ein menschliches Wesen hielt. Ihr Haar leuchtete, es war von einem sonderbar phosphorisierenden Schimmel bedeckt, der ihr das Aussehen eines unterirdischen Teufels verlieh. Sie war in einen schweren, faltigen Stoff gehüllt, dessen Farbe oder Muster nicht mehr zu erkennen war. Eine ihrer Hände hatte nur drei Finger.

»Ich war fort«, sagte Villanelle, »lange Zeit, doch jetzt gehe ich nie mehr fort. Das ist Henri.«

Die Greisin sah weiter Villanelle an und sprach: »Du warst lange fort, wie du sagst, und ich hab nach dir Ausschau gehalten, als du fort warst, und manchmal hab ich deinen Geist vorbeihuschen sehen. Du warst in Gefahr, wirst es wieder sein, aber fortgehen wirst du nie mehr. Nicht in diesem Leben.«

Dort, wo sie kauerte, war kein Licht. Die Häuser zu beiden Seiten des Wassers wölbten sich wie ein Bogen über uns und standen sich so dicht gegenüber, dass sich ihre Dächer mancherorts zu berühren schienen. Waren wir in den Kloaken?

»Ich habe euch Fisch mitgebracht.« Villanelle holte ein Päckchen hervor, das die alte Frau beroch, bevor sie es unter ihren Röcken verschwinden ließ.

Dann wandte sie sich zu mir.

»Hüte dich vor alten Feinden in neuen Verkleidungen.«

»Wer ist sie?«, fragte ich, als wir weitergerudert waren.

Villanelle hob die Schultern, und ich wusste, dass ich keine wirkliche Antwort bekommen würde.

»Sie ist eine Verbannte. Sie hat einst hier gelebt.« Sie deutete auf ein verfallenes Haus mit einem doppelten Wassertor, das abgesunken war, so dass die Wasser jetzt in die unteren Räume schwappten. Die oberen Etagen dienten als Lager, und aus einem der Fenster hing ein Flaschenzug.

»Als sie noch dort wohnte, sind die Lichter, so erzählt man sich, nie vor Morgengrauen erloschen, und im Keller lagerten Weine, die so erlesen waren, dass ein Mann hätte sterben können, hätte er mehr als ein Glas davon getrunken. Sie besaß eine ganze Flotte, und ihre Schiffe brachten Waren hierher, die sie zu einer der reichsten Frauen von Venedig machten. Wenn die Leute von ihr sprachen, so taten sie es mit großem Respekt, und wenn sie von ihrem Mann sprachen, so nannten sie ihn den ›Gemahl der vermögenden Dame‹. Sie verlor ihr Vermögen, als Bonaparte Gefallen daran fand, und es heißt, dass Joséphine ihre Juwelen trägt.«

»Joséphine trägt die Juwelen der meisten reichen Leute«, sagte ich.

Wir ruderten aus der verborgenen Stadt an lichtdurchfluteten Plätzen vorbei in breite Kanäle, auf denen acht oder neun Boote nebeneinander fahren konnten und immer noch genügend Platz für das prächtige Vergnügungsschiff der Besucher blieb. »Dies ist ihre Jahreszeit. Und wenn du bis zum August hier bleibst, kannst du Bonapartes Geburtstag feiern. Vielleicht aber ist er bis dahin tot. Dann musst du erst recht bleiben, und wir wollen seine Beerdigung feiern.«

Sie hatte ihr Boot vor einer prächtigen Villa angehalten, die mit ihren sechs Stockwerken diesen sauberen und ruhigen Kanal beherrschte.

»In diesem Haus findest du mein Herz. Du musst dort einbrechen, Henri, und es für mich zurückholen.«

War sie von Sinnen? Wir hatten das doch nur bildlich gemeint. Ihr Herz war in ihrem Körper wie meins. Das versuchte ich ihr zu erklären, doch sie nahm meine Hand und führte sie an ihre Brust.

»Fühle selbst.«

Ich fühlte, und ohne die leiseste Hinterlist bewegte sich meine Hand auf und ab. Ich konnte nichts fühlen. Ich legte mein Ohr an ihre Brust und kauerte mich ganz still auf die Planken des Bootes. Ein vorbeifahrender Gondoliere warf uns ein verständnisvolles Lächeln zu.

»Wenn du kein Herz hättest, Villanelle, wärst du tot.«

»Und die Soldaten, an deren Seite du lebtest, glaubst du, die hätten Herzen besessen? Glaubst du, mein fetter Mann hat ein Herz irgendwo in seinem Speck?«

Jetzt war ich es, der die Schultern hob. »Es ist eine Redensart, das weißt du.«

»Ich weiß es, aber ich sagte dir schon: Dies ist eine ungewöhnliche Stadt, und wir verhalten uns hier anders.«

»Ich soll also wirklich in dieses Haus eindringen und nach deinem Herzen suchen?«

»Ja.«

Es war unglaublich.

»Henri, als wir Moskau verließen, gab Domino dir einen Eiszapfen mit einem Goldfaden darin. Wo ist er?«

Ich sagte, ich wisse nicht, was mit ihm geschehen sei; ich nähme an, dass er in meinem Gepäck geschmolzen und der Goldfaden dabei verloren gegangen sei. Ich schämte mich, ihn verloren zu haben, doch als Patrick starb, vergaß ich für eine Weile, auf die Dinge, die mir teuer waren, Acht zu geben.

»Ich habe ihn.«

»Du hast das Gold?«, fragte ich ungläubig, erleichtert. Sie

musste ihn gefunden haben, und so hatte ich Domino am Ende doch nicht verloren.

»Ich habe den Eiszapfen.« Sie zog ihn aus ihrer Tasche, und er war noch genauso kalt und hart wie am Tag, als Domino ihn vom Zeltdach gepflückt und mich fortgeschickt hatte. Ich drehte ihn zwischen meinen Fingern. Das Boot tanzte auf und ab, und die Möwen flogen ihren üblichen Weg. Ich schaute sie an mit Augen, die voller Fragen waren, doch sie hob nur ihre Schultern und wandte ihr Gesicht erneut dem Haus zu.

»Heute Nacht, Henri. Heute Nacht sind sie in La Fenice. Ich werde dich herfahren und auf dich warten. Ich möchte nicht selbst hineingehen, weil ich fürchte, nicht mehr loszukommen.«

Sie nahm mir den Eiszapfen aus der Hand. »Wenn du mir mein Herz bringst, bekommst du dein Wunder zurück.«

»Ich liebe dich«, sagte ich.

»Du bist mein Bruder«, sagte sie, und wir ruderten fort.

Wir aßen zusammen zu Abend, sie, ich und ihre Eltern, und sie drängten mich, ihnen von meiner Familie zu erzählen.

»Ich komme aus einem Dorf, umgeben von Hügeln, die sich leuchtend grün und mit gelbem Löwenzahn gesprenkelt bis in die Ferne ausdehnen. Ein Fluss fließt vorbei, der jeden Winter über seine Ufer tritt und jeden Sommer wieder träge dahinfließt. Wir hängen von diesem Fluss ab. Wir hängen von der Sonne ab. Dort, woher ich komme, gibt es keine Straßen und Plätze, nur kleine Häuser, ein Stockwerk hoch und Pfade dazwischen, die von vielen Füßen und nicht von planenden Händen gemacht sind. Wir haben keine Kirche, wir benutzen die Scheune, und im Winter müssen wir uns mit dem Heu hineinzwängen. Wir ahnten nichts von der Revolution. Wie euch so hat sie auch uns überrumpelt. Unsere Gedanken sind bei dem Holz in unseren Händen und der Saat, die wir säen, und hier und da bei Gott. Meine Mutter war eine fromme Frau, und als sie starb, so erzählte mein Vater, streckte sie ihre Arme der Heiligen Jungfrau entgegen, und ihr Gesicht war von innen erleuchtet. Sie starb zufällig. Ein Pferd stürzte auf sie und brach ihre Hüfte, und wir haben keine Arznei für so etwas, nur für Koliken und geistige Umnachtung. Das war vor zwei Jahren. Mein Vater zieht noch immer den Pflug und fängt die Maulwürfe, die unsere Äcker aufwühlen. Wenn ich kann, bin ich im Herbst zu Hause und helfe ihm bei der Ernte. Dorthin gehöre ich.«

»Und was, Henri, ist mit deinem Verstand?«, fragte Villanelle ein wenig spöttisch. »Ein Mann wie du, Schüler eines Priesters, weit gereist und ein tapferer Soldat. Worüber wirst du nachdenken, daheim bei deinem Vieh?«

»Was nutzt einem schon der Verstand?«

»Du könntest hier ein Vermögen machen«, sagte ihr Vater. »Es gibt viele Chancen für einen jungen Mann.«

»Du kannst bei uns bleiben«, sagte ihre Mutter.

Villanelle aber sagte nichts, und ich konnte nicht bleiben und ihr Bruder sein, wo mein Herz sich in Liebe zu ihr verzehrte.

»Weißt du«, sagte ihre Mutter und packte mich am Arm, »diese Stadt ist nicht wie andere. Paris? Ich spucke drauf.« Sie spuckte aus. »Was ist schon Paris? Nur ein paar Boulevards und teure Geschäfte. Hier dagegen gibt es Geheimnisse, die nur die Toten kennen. Ich sage dir, die Bootsmänner hier haben Schwimmhäute zwischen den Zehen. Nein, lach nicht, es ist wahr. Ich war schließlich mit einem verheiratet und habe Söhne von ihm großgezogen.« Sie streckte einen Fuß in die Luft und versuchte, ihre Zehen zu fassen. »Zwischen jeder Zehe findest du eine Schwimmhaut, und mit diesen Schwimmhäuten kannst du auf dem Wasser gehen.«

Ihr Mann brach weder in brüllendes Gelächter aus noch ließ er den Wasserkrug auf den Tisch krachen, wie er es gewöhnlich tat, wenn ihn etwas belustigte. Sein Blick begegnete dem meinen, und er blinzelte mir zu.

»Ein Mann sollte ohne Vorurteil sein. Frag Villanelle.«

Doch die blickte nur stumm auf ihren Teller und verließ bald darauf das Zimmer.

»Sie braucht einen neuen Ehemann«, sagte ihre Mutter, und ihre Stimme war fast flehend, »sobald der andere aus dem Weg ist … Unfälle ereignen sich oft in Venedig; es ist so dunkel und die Wasser sind so tief. Wärst du überrascht, wenn es einen weiteren Toten gäbe?«

Ihr Mann legte seine Hand auf ihren Arm. »Fordere nicht die Geister heraus.«

Als das Essen vorbei war und ihr Vater ein Nickerchen hielt, während ihre Mutter an einer Decke stickte, führte mich Villanelle hinunter zum Boot, und wir glitten lautlos zurück über das schwarze Wasser. Sie hatte ihr Kohl- und Urinboot gegen eine Gondel ausgetauscht und ruderte im Stehen auf jene anmutige Art, die den Venezianern eigen ist. Sie sagte, das sei die beste Verkleidung; Gondoliere lungerten oft vor den großen Häusern herum in der Hoffnung, Geschäfte machen zu können. Ich war im Begriff zu fragen, woher sie das Boot hätte, doch die Worte erstarben auf meinen Lippen, als ich das Zeichen am Ruder sah.

Es war ein Leichenboot.

Die Nacht war kühl, aber nicht dunkel, mit einem hellen Mond, der groteske Schatten auf das Wasser warf. Wir waren bald bei dem Wassertor, und das Haus schien leer, wie sie es vorausgesagt hatte.

»Wie werde ich hineingelangen?«, flüsterte ich, als sie ihr Boot an einem Eisenring befestigte.

»Hiermit.« Sie reichte mir einen Schlüssel. Glatt und flach wie ein Kerkerschlüssel. »Ich hab ihn als Glücksbringer behalten. Er hat mir keines gebracht.«

»Wie soll ich dein Herz finden – das Haus hat sechs Stockwerke.«

»Lausche auf sein Klopfen und sieh an den unwahrscheinlichsten Plätzen nach. Wenn Gefahr droht, rufe ich wie die Seemöwe, und du musst sofort zurückkommen.«

Ich ging und trat in eine große Halle und fand mich Auge in Auge mit einer mannshohen schuppigen Bestie, die ein vorspringendes Horn an ihrem Kopf hatte. Ich stieß einen kleinen Schrei aus, doch die Bestie war ausgestopft. Vor mir erhob sich eine hölzerne Treppe, die sich auf halbem Weg nach oben bog und in der Mitte des Hauses verschwand. Ich beschloss, hinaufzugehen und ganz oben zu beginnen. Ich war sicher, nichts zu finden, doch solange ich Villanelle nicht jeden einzelnen Raum beschreiben konnte, würde sie mich zurückschicken. Das wusste ich.

Im ersten Zimmer, das ich betrat, war nichts als ein Cembalo.

Das zweite hatte fünfzehn Fenster aus buntem Glas.

Das dritte hatte keine Fenster, und am Boden standen, Seite

an Seite, zwei Särge, mit weißer Seide ausgelegt, die Deckel geöffnet.

Das vierte war vom Boden bis zur Decke mit Regalen versehen, und diese Regale waren in doppelten Reihen mit Büchern gefüllt. Es gab auch eine Leiter.

Im fünften Zimmer brannte Licht, und eine ganze Wand war mit einer Weltkarte bedeckt. Eine Karte mit Walen in den Meeren und schrecklichen Ungeheuern, die das Land verschlangen. Es waren Straßen darauf markiert, die in der Erde zu verschwinden schienen und an anderen Stellen abrupt am Meeressaum endeten. In jeder Ecke saß ein Kormoran, einen zappelnden Fisch im Schnabel.

Der sechste Raum war ein Nähzimmer mit einem Wandteppich, der, zu drei Vierteln fertig, in seinen Rahmen gespannt lag. Er stellte eine junge Frau dar, die mit gekreuzten Beinen vor einem Päckchen mit Spielkarten saß. Es war Villanelle.

Der siebte war ein Studierzimmer; der Schreibtisch war mit Hunderten von Dokumenten bedeckt, in einer winzigen, spinnenartigen Schrift geschrieben, die ich nicht zu entziffern vermochte.

Im achten war nur ein Billardtisch und seitlich eine kleine Tür. Es zog mich zu dieser Tür hin, und als ich sie öffnete, fand ich dahinter einen geräumigen begehbaren Schrank mit Kleidern jeglicher Art, die nach Weihrauch und Moschus dufteten. Ein Damenzimmer. Hier fürchtete ich mich nicht. Ich wollte mein Gesicht in den Kleidern vergraben und am Boden liegen, betört von all den Düften. Ich dachte an Villanelle und ihr Haar auf meinem Gesicht und fragte mich, ob sie sich ganz ähnlich mit dieser betörend duftenden, verführerischen Frau gefühlt haben mochte. An den Seiten des Raums standen Ebenholzkästen, mit Monogrammen versehen. Ich öffnete einen – er war gefüllt mit winzigen Glasfläschchen. Darin befanden sich Duftstoffe der Sinneslust und der Gefahr. Jedes Fläschchen enthielt höchstens fünf Tropfen, und daran erkannte ich, dass sie von hohem Wert und großer Wirkung sein mussten. Fast ohne zu denken, ließ ich eines in meine Tasche gleiten und wandte mich zum Gehen. Doch da ließ mich ein Geräusch aufhorchen. Kein Geräusch wie das von Mäusen oder Käfern. Ein gleichmäßiges, beständiges Geräusch, wie ein Herzschlag. Mein eigenes Herz setzte einen Schlag aus, und ich begann ein Gewand nach dem anderen beiseite zu zerren, Schuhe und Wäsche in meiner Eile durcheinander zu würfeln. Ich saß auf meinen Hacken und lauschte erneut. Es war tiefer unten, verborgen.

Auf Händen und Knien kroch ich unter eine der Kleiderschienen und fand ein Seidenhemd, das um ein indigoblaues Gefäß gewickelt war. Das Gefäß pochte. Ich wagte nicht, es zu entstöpseln. Ich wagte nicht, dieses kostbare, einzigartige Ding zu überprüfen, und trug es, noch immer in das Hemd gewickelt, die letzten beiden Stockwerke hinunter und hinaus in die leere Nacht.

Villanelle kauerte im Boot und starrte ins Wasser. Als sie mich hörte, streckte sie die Hand aus, um mich zu halten, und ruderte, ohne Fragen zu stellen, schnell und lautlos hinaus in die Lagune. Als sie schließlich anhielt, ihre Haut vom Schweiß blass im Mondlicht schimmernd, reichte ich ihr mein Bündel.

Sie stieß einen Seufzer aus und ihre Hände zitterten, dann forderte sie mich auf, mich abzuwenden.

Ich hörte, wie sie das Gefäß entstöpselte, und ein Geräusch wie von Gas, das entweicht. Dann begann sie schreckliche würgende Laute von sich zu geben, und nur meine Angst hielt mich am anderen Ende des Bootes zurück, Angst wohl, sie sterben zu hören.

Dann war es still. Sie berührte meinen Rücken, ergriff, als ich mich umdrehte, erneut meine Hand und legte sie auf ihre Brust.

Ihr Herz klopfte.

Nicht möglich.

Ich sage euch, ihr Herz klopfte.

Sie bat mich um den Schlüssel, steckte ihn und das Hemd in das indigoblaue Gefäß, warf es ins Wasser und lächelte dabei ein solch strahlendes Lächeln, dass es mir fast den Atem verschlug. Sie fragte mich, was ich gesehen hätte, und ich erzählte ihr von jedem Zimmer, und bei jedem Zimmer fragte sie nach dem nächsten, und ich erzählte ihr von dem Wandteppich. Ihr Gesicht erblasste.

»Und du sagst, er war nicht fertig?«

»Zu drei Vierteln vollendet.«

»Und der Teppich stellte mich dar? Bist du sicher?«

Warum war sie so bestürzt? Weil, so erklärte sie, wenn der Teppich vollendet gewesen wäre und die Frau ihr Herz hineingewebt hätte, sie für immer ihre Gefangene geblieben wäre.

»Ich verstehe nichts von alledem, Villanelle.«

»Denk nicht länger daran. Ich habe mein Herz und du hast dein Wunder. Jetzt können wir uns vergnügen«, und sie löste ihr Haar und ruderte mich in ihrem roten Urwald heim.

Ich schlief schlecht und träumte von den Worten der Greisin – hüte dich vor alten Feinden in neuen Verkleidungen –, doch als mich Villanelles Mutter am nächsten Morgen mit Eiern und Kaffee weckte, schienen die Nacht und ihre Albträume nur noch Ausgeburt einer wirren Fantasie.

Venedig ist die Stadt der Wahnsinnigen.

Ihre Mutter saß an meinem Bett, redete auf mich ein und bedrängte mich, ihre Tochter zu bitten, mich zu heiraten, sobald sie frei wäre.

»Ich hatte einen Traum letzte Nacht«, sagte sie, »einen Traum vom Tod. Du musst sie darum bitten, Henri.«

Als wir später am Nachmittag zusammen waren, bat ich sie, doch sie schüttelte den Kopf.

»Ich kann dir mein Herz nicht schenken.«

»Ich brauche es nicht zu haben.«

»Mag sein, aber ich muss es schenken können. Du bist mein Bruder.«

Als ich ihrer Mutter erzählte, was geschehen war, hielt sie im Backen inne. »Du bist zu vernünftig für sie; sie ist auf Verrückte und Abenteurer aus. Ich sag ihr, sie soll sich beruhigen, aber sie hört nicht auf mich. Sie will, dass jeder Tag Pfingsten ist.«

Dann murmelte sie etwas von der schrecklichen Insel und wie sie sich Vorwürfe mache, doch ich frage diese Venezianer nicht mehr, wenn sie murmeln; es ist ihre Sache.

Immer öfter dachte ich daran, nach Frankreich zurückzukehren. Und obwohl der Gedanke, sie nicht täglich zu sehen, mein Herz noch mehr gefrieren ließ als jeder Null-Winter, erinnerte ich mich an die Worte, die sie gesprochen hatte, als Patrick, sie und ich in jener russischen Hütte hockten und von dem bösen Geist tranken …

*Es ist sinnlos, jemanden zu lieben, dem du nur zufällig bewusst
werden kannst.*

Man sagt, diese Stadt kann jeden aufnehmen. Es scheint, dass
jede Nation hier vertreten ist. Es gibt Träumer und Dichter
und Landschaftsmaler mit schmutzigen Nasen und Wander-
vögel wie mich, die zufällig hierher gekommen und nie mehr
gegangen sind. Sie sind alle auf der Suche nach etwas, reisen
durch die Welt und über die sieben Meere und suchen nach
einem Grund zu bleiben. Ich suche nicht. Ich habe gefunden,
was ich will, und kann es nicht haben. Wenn ich bliebe, wäre
es nicht aus Hoffnung, sondern aus Angst. Angst, allein zu
sein, getrennt von der Frau, die schon durch ihre Gegenwart
den Rest meines Lebens zu Schatten werden lässt.

Ich sage, ich liebe sie. Was bedeutet das?

Es bedeutet, dass ich meine Zukunft und meine Vergangenheit im Licht dieses Gefühls sehe. Es ist, als würde ich in einer
fremden Sprache schreiben, die ich plötzlich lesen könnte.
Wortlos eröffnet sie sich mir. Wie ein Genius ist sie sich nicht
bewusst, was sie tut.

Ich war ein schlechter Soldat, weil ich zu viel an das dachte,
was als Nächstes geschehen würde. Ich konnte im Augenblick
des Kampfes und des Hasses nie aufhören weiterzudenken.
Mein Geist eilte mir voraus mit Bildern von vernichteten
Ernten und Zerstörung all dessen, was in Jahren harter Arbeit
errichtet worden war und in einem Tag verloren ging.

Ich blieb, weil ich nicht wusste, wohin ich sonst hätte gehen
sollen.

Ich will es nicht noch einmal tun.

Fühlen sich alle Liebenden in Gegenwart der geliebten Person
hilflos und tapfer zugleich? Hilflos, weil das Verlangen groß

173

ist, dich auf den Rücken zu legen wie ein Schoßhund. Tapfer, weil du weißt, dass du, wenn es nötig wäre, einen Drachen mit einem Taschenmesser töten würdest.

Wenn ich von einer Zukunft in ihren Armen träume, gibt es keine dunklen Tage, nicht einmal einen Schnupfen, und obwohl ich weiß, dass es Torheit ist, glaub ich wirklich, dass wir immer glücklich sein und unsere Kinder die Welt verändern würden.

So denken die Soldaten, die von ihrem Zuhause träumen ...

Nein. Sie würde tagelang verschwunden sein und ich würde weinen. Sie würde vergessen, dass wir Kinder haben, und es mir überlassen, sie großzuziehen. Sie würde unser Haus im Kasino verspielen, und wenn ich sie mit nach Frankreich nähme, würde sie mich zu hassen beginnen.

Ich weiß das alles, und doch ändert es nichts.

Sie würde nie treu sein.

Sie würde mir ins Gesicht lachen.

Ich würde mich immer vor ihrem Körper fürchten wegen der magischen Kraft, die er hat.

Und doch – wenn ich daran denke zu gehen, ist meine Brust voller Steine.

Vernarrtheit. Erste Liebe. Begierde.

Meine Leidenschaft lässt sich wegerklären. Eines aber ist sicher: Was immer sie anrührt, enthüllt sie.

Ich denke viel über ihren Körper nach; denke nicht daran, ihn zu besitzen, sondern zu beobachten, wie er sich im Schlaf bewegt. Sie ist immer in Bewegung, ganz gleich, ob sie auf den Booten arbeitet oder, die Arme beladen, eifrig umherläuft. Nicht dass sie nervös wäre, es ist einfach unnatürlich für sie, sich nicht zu bewegen. Als ich ihr sagte, wie gerne ich auf einer leuchtend grünen Wiese liege und in den leuchtend blauen Himmel schaue, meinte sie: »Das kannst du tun, wenn du tot bist: Sag ihnen, sie sollen den Deckel deines Sarges offen lassen.«

Und doch kennt sie sich aus mit dem Himmel. Ich kann sie von meinem Fenster aus langsam dahinrudern und den makellos blauen Himmel nach dem ersten Stern absuchen sehen.

Sie beschloss, mich das Rudern zu lehren. Nicht einfach nur rudern. Auf venezianische Art zu rudern. Wir brachen in der Morgendämmerung auf in einer roten Gondel, wie sie die Polizei benutzt. Ich fragte nicht, woher sie die Gondel hatte. Sie war so glücklich in jenen Tagen und ergriff oft meine Hand, um sie an ihre Brust zu legen, als wäre sie eine Kranke, der man eine zweite Chance gegeben hatte.

»Wenn du am Ende doch Ziegenhirte werden willst, so kann ich dich wenigstens mit einer wirklichen Fertigkeit heimschicken. Du kannst dir in deinen ruhigen Stunden ein Boot bauen und den Fluss, von dem du so oft erzählst, hinabrudern und an mich denken.«

»Du könntest mitkommen, wenn du wolltest.«

»Ich will aber nicht. Was sollte ich mit einem Sack voll Maulwürfen und weit und breit kein Spieltisch?«

Ich wusste, sie hatte Recht, doch ich wollte es nicht hören.

Ich war kein begabter Ruderer, und mehr als ein Mal brachte ich das Boot so sehr zum Schwanken, dass wir beide ins Wasser fielen und Villanelle mich am Genick packte und jammerte, sie würde ertrinken. »Du lebst am Wasser«, protestierte ich, als sie mich schreiend hinabzog.

»Am Wasser, richtig, nicht im Wasser.«

Unglaublich, sie konnte nicht schwimmen.

»Bootsleute brauchen nicht zu schwimmen. Keinem Boots-mann würde so was passieren. Wir können erst heimfahren, wenn wir trocken sind. Man würde sich über mich lustig ma-chen.«

Selbst ihre Begeisterung half mir nicht, es zu lernen, und am Abend nahm sie wieder die Ruder an sich und erklärte, ihr Haar noch immer feucht, dass wir stattdessen ins Kasino ge-hen würden.

»Vielleicht liegt deine Begabung dort.«

Ich war noch nie in einem Kasino gewesen und war genauso enttäuscht, wie ich es Jahre zuvor vom Bordell gewesen war. Orte des Lasters sind so viel lasterhafter in der Fantasie. Es gibt keinen Plüsch so schockierend rot wie das Rot, das man sich zusammenträumt. Keine Frau mit so langen Beinen, wie man sich's vorgestellt hat. Und in deinen Tagträumen sind solche Orte immer kostenlos.

»Es gibt einen Peitschenraum oben«, sagte sie. »Falls es dich interessiert.« Nein, es würde mich langweilen. Ich wusste von solchen Auspeitschungen. Ich wusste es von meinem Freund, dem Priester. Heilige lieben es, ausgepeitscht zu werden, und ich habe Bilder in Hülle und Fülle von ihren ekstatischen Narben und verzückten Blicken gesehen. Zu beobachten, wie ein gewöhnlicher Mensch gepeitscht wird, konnte nicht die-selbe Wirkung haben. Heiliges Fleisch ist zart und weiß und stets vor dem Tageslicht verborgen. Wenn die Peitsche es trifft – das ist der Augenblick der Lust, der Augenblick, wenn das Verborgene enthüllt wird.

Ich ließ sie allein gehen, und als ich gesehen hatte, was es auf dem kalten Marmor, dem eisigen Glas und dem vernarbten Filztuch zu sehen gab, trat ich ans Fenster und ließ meine Blicke über den schimmernden Kanal schweifen.

So war die Vergangenheit also vergangen. Ich war entkommen. Solche Dinge sind möglich.

Ich dachte an mein Dorf und an das Freudenfeuer, das wir am Ende des Winters entzünden, um uns der Dinge zu entledigen, die wir nicht mehr brauchen; um das Kommende zu feiern. Acht Soldatenjahre waren zusammen mit meinem Bart in dem Kanal versunken. Acht Jahre mit Bonaparte. Ich sah mein Spiegelbild im Fenster; dies war das Gesicht dessen, der ich geworden war. Hinter meinem Spiegelbild sah ich Villanelle, an eine Wand gelehnt, und vor ihr einen Mann, der ihr den Weg versperrte. Sie sah ihm geradewegs in die Augen, doch an ihren hochgezogenen Schultern erkannte ich, dass sie Angst hatte.

Er war stattlich, eine gewaltige schwarze Fläche, wie der Umhang eines Matadors.

Er stand breitbeinig vor ihr, einen Arm an die Wand gestützt, um ihr den Weg zu versperren, den anderen tief in seiner Tasche verborgen. Sie stieß ihn beiseite, rasch und plötzlich, und genauso rasch kam seine Hand aus seiner Tasche und schlug ihr ins Gesicht. Ich hörte das Geräusch, und als ich herumschnellte, tauchte sie unter seinem Arm weg und stürzte an mir vorbei, die Treppen hinunter. Ich konnte nur daran denken, vor ihm zu ihr zu gelangen, aber er war ihr schon dicht auf den Fersen. Ich öffnete das Fenster und sprang in den Kanal.

Ich kam prustend, das Gesicht mit Seetang bedeckt, an die Oberfläche und schwamm zu unserem Boot. Ich löste die Leine und rief ihr, als sie wie eine Katze hineinsprang, zu, sie solle losrudern. Dabei versuchte ich, über den Rand zu klettern, doch sie achtete nicht auf mich, ruderte wie der Teufel, und ich wurde hinter ihr hergeschleppt wie der gezähmte Delfin, den ein Mann am Rialto hielt.

»Er ist es«, rief sie, als ich schließlich wie ein nasser Sack vor ihre Füße fiel. »Ich dachte, er sei noch fort; meine Spione sind gut.«

»Dein Mann?«

Sie spuckte aus.

»Jawohl, mein fetter blutsaugerischer Mann.«

Ich richtete mich auf. »Er folgt uns.«

»Ich kenne einen Weg, ich bin die Tochter eines Bootsmannes.«

Bei dem Tempo und all den Schleifen und Kurven, die sie zog, wurde mir fast schwindlig. Die Muskeln an ihren Armen traten beängstigend hervor und drohten ihre Haut zu sprengen, und als wir an einem Licht vorbeikamen, sah ich ihre Adern blau schimmern. Sie atmete schwer, und ihr Körper war bald so nass wie meiner. Wir glitten schnell wie ein Pfeil durch einen schmalen Wasserweg, der immer enger wurde und plötzlich vor einer weißen Mauer endete. In der letzten Sekunde, als ich schon glaubte, unser Boot wie Treibholz zersplittern zu hören, riss sie es herum, und wir verschwanden in einem tropfenden Tunnel.

»Ruhig Blut, Henri, wir sind gleich zu Hause.«

Es war das erste Mal, dass ich sie das Wort »ruhig« aussprechen hörte.

Wir hielten vor ihrem Wassertor an, doch als wir unser Boot festmachen wollten, glitt von hinten lautlos ein Bug heran, und ich starrte in das Gesicht des Kochs.

Der Koch.

Das Fleisch um seinen Mund verzog sich zu einem schiefen Lächeln. Er war noch schwerer als damals in den Feldküchen, mit Backen wie tote Maulwürfe und einem breiten Gebilde von Haut, das seinen Kopf an seinen Schultern befestigte. Seine Augen unter den buschigen Brauen lugten hervor wie Wachtposten. Er legte seine Hände auf den Rand des Bootes, Hände mit Ringen, die über die Fingerknochen gezwängt waren. Rote Hände.

»Henri«, sagte er. »Welche Freude, dich zu sehen.«

Villanelles fragender Blick, den sie mir zuwarf, rang mit dem Blick reinen Ekels, den sie auf ihn heftete. Er sah diesen inneren Kampf, berührte sie leicht, so dass sie zusammenzuckte, und sagte: »Man könnte sagen, dass Henri mir Glück gebracht hat. Ihm und seinen kleinen Tricks ist es zu verdanken, dass ich aus dem Heer in Boulogne ausgestoßen wurde und in die Vorratslager von Paris kam. Ich habe mich nie über Dinge beschwert, die mir letztlich zum Vorteil gereichten. Freut es dich nicht, Henri, einen alten Freund wieder zu sehen, der es zu Wohlstand gebracht hat?«

»Ich will nichts mit dir zu tun haben«, sagte ich.

Er lächelte wieder, und ich sah seine Zähne. Was davon übrig geblieben war. »O doch, und ganz sicher willst du etwas mit meiner Frau zu tun haben. Mit meiner Frau.« Er sprach die letzten Worte sehr langsam aus. Dann nahm sein Gesicht einen alten Ausdruck an, ich kannte ihn gut. »Ich bin überrascht, dich hier zu sehen, Henri. Solltest du nicht bei deinem

Regiment sein? Dies ist keine Zeit für Urlaub, nicht einmal, wenn du ein Günstling von Bonaparte bist.«

»Das geht dich nichts an.«

»Mag sein, aber du wirst sicher nichts dagegen haben, wenn ich ein paar guten Freunden hier von dir erzähle.«

Dann wandte er sich an Villanelle. »Ich habe andere Freunde, die sicher begierig sind zu hören, was aus dir geworden ist. Freunde, die viel Geld für dich bezahlt haben. Es wird leichter sein, wenn du gleich mitkommst.«

Sie spuckte ihm ins Gesicht.

Was dann passierte, ist mir noch immer nicht ganz klar, obwohl ich Jahre hatte, darüber nachzudenken. Ruhige Jahre ohne Zerstreuung. Ich erinnere mich, dass er sich vorbeugte, als sie ihn anspuckte, und sie zu küssen versuchte. Ich erinnere mich, wie sich sein Mund öffnete und auf ihr Gesicht zukam, wie sich seine Hände vom Bootsrand lösten, wie sich sein Körper vorreckte. Seine Hände griffen nach ihren Brüsten. Sein Mund. Sein Mund ist das, woran ich mich am deutlichsten erinnere. Ein blass rosafarbener Mund, eine Höhle von Fleisch und dann seine Zunge, wie ein Wurm, der aus seinem Loch hervorschaut. Sie stieß ihn von sich, und er verlor das Gleichgewicht zwischen den beiden Booten und fiel auf mich, hätte mich fast zerquetscht. Er legte seine Hände um meine Kehle, und ich hörte Villanelle schreien und mir ihr Messer zuwerfen, in Reichweite. Ein venezianisches Messer, dünn und grausam.

»In die weiche Seite, Henri, wie die Seeigel.«

Ich hielt das Messer in meinen Händen und stieß es in seine Seite. Als er sich herumwarf, stieß ich es in seinen Bauch. Ich hörte, wie es an seinen Gedärmen saugte. Ich zog es heraus, ein zorniges Messer, zornig, so weggezogen zu werden, und ich bohrte es wieder hinein durch die Jahre des Wohlstands. Durch all die fetten Jahre mit Gänsebraten und Burgunderwein. Mein Hemd war blutdurchtränkt. Villanelle zerrte mich von ihm weg, und ich stand auf, gar nicht unsicher auf den Beinen. Ich bat sie, mir zu helfen, ihn umzudrehen. Sie tat es, wobei sie mich nicht aus den Augen ließ.

Als er auf dem Rücken lag, riss ich, beim Kragen angefangen, sein Hemd auf und starrte auf seine Brust. Haarlos und weiß wie das Fleisch der Heiligen. Können Heilige und Teufel so ähnlich sein? Seine Brustwarzen hatten dieselbe Farbe wie seine Lippen.

»Du sagtest, er hätte kein Herz, Villanelle. Lass uns nachsehen.« Sie streckte ihre Hand aus, wollte mich daran hindern, ich aber hatte mit meinem silbernen Freund und seiner eifrigen Klinge schon einen Schlitz gemacht. Ich schnitt, wohl an der richtigen Stelle, ein Dreieck aus und griff mit meiner Hand hinein.

Er hatte ein Herz.

»Willst du es haben, Villanelle?«

Sie schüttelte den Kopf und begann zu weinen. Ich hatte sie nie weinen sehen, nicht im ganzen Null-Winter, nicht beim Tod unseres Freundes, nicht bei der schlimmsten Erniedrigung. Jetzt weinte sie, und ich ließ das Herz zwischen uns fallen, nahm sie in meine Arme und erzählte ihr die Geschichte einer Prinzessin, deren Tränen sich in Diamanten verwandelten.

»Ich habe deine Kleider beschmutzt«, sagte ich und sah zum ersten Mal die Blutflecken auf ihr. »Sieh meine Hände an.«

Sie nickte, und das blaue blutige Ding lag zwischen uns.

»Wir müssen die Boote fortschaffen, Henri.«

Doch im Kampf hatten wir unsere beiden Ruder und eins von seinen Rudern verloren. Sie nahm meinen Kopf in ihre Hände und sah mich an. »Setz dich, Henri. Du hast getan, was du konntest, lass mich jetzt tun, was ich kann.«

Ich saß da, den Kopf auf meinen Knien, die Augen auf den Boden des Bootes gerichtet, der mit Blut bedeckt war. Meine Füße standen im Blut.

Der Koch, das Gesicht nach oben, hatte seine Augen auf Gott gerichtet.

Unsere Boote bewegten sich. Ich sah sein Boot vorausgleiten, meins daran festgebunden, so wie Kinder ihre Boote auf einem Teich zusammenbinden.

Wir bewegten uns vorwärts. Aber wie?

Ich hob meinen Kopf und sah Villanelle, mit dem Rücken zu mir, eine Leine um ihre Schulter gelegt, auf dem Kanal gehen und unsere Boote hinter sich herziehen.

Ihre Stiefel standen ordentlich nebeneinander. Ihr Haar war gelöst.

Ich war in einem roten Urwald, und sie führte mich heim.

DER FELS

Es heißt, die Toten sprechen nicht und schweigen wie das Grab. Das ist nicht wahr. Die Toten sprechen immerzu. Auf diesem Felsen kann ich sie hören, wenn der Wind sich erhebt. Ich kann Bonaparte hören; er blieb nicht lang auf seinem Felsen. Er nahm zu und erkältete sich. Er, der die Seuchen Ägyptens und den Null-Winter überlebte, starb in der milden Feuchte.

Die Russen marschierten in Paris ein, wir aber brannten es nicht nieder; wir gaben es auf, und sie brachten ihn fort und stellten die Monarchie wieder her.

Sein Herz sang. Auf einer windigen Insel mit kreischenden Möwen sang sein Herz. Er wartete auf seine Stunde wie der dritte Sohn, der weiß, dass seine verräterischen Brüder ihn nicht überlisten werden. Seine Stunde kam, und er kehrte in einem salzigen Konvoi von stummen Booten für hundert Tage zurück und erlebte sein Waterloo.

Was sollten sie mit ihm anfangen, diese siegreichen Generale und selbstgerechten Nationen?

Du spielst, du gewinnst, du spielst, du verlierst. Du spielst.

Jedes Spiel endet mit einer Enttäuschung. Was du hofftest zu fühlen, fühlst du nicht, und was dir so wichtig erschien, ist es nicht mehr. Das Spiel selbst ist das Erregende.

Und wenn du gewinnst?

Es gibt ihn nicht, den begrenzten Sieg. Du musst schützen, was du gewonnen hast. Du musst es ernst nehmen.

Sieger verlieren, wenn sie des Siegens überdrüssig werden. Vielleicht bereuen sie es später, doch der Reiz, dies kostbare, einzigartige Ding aufs Spiel zu setzen, ist zu mächtig. Der

Reiz, wieder unbeschwert zu sein, wieder barfuß zu gehen wie früher, bevor du all diese Schuhe erbtest.

Er schlief nie, er hatte ein Magengeschwür, er hatte sich von Joséphine scheiden lassen und ein selbstsüchtiges Biest geheiratet (auch wenn er's nicht besser verdiente), er brauchte eine Dynastie, um sein Reich zu schützen. Freunde hatte er nicht. Er brauchte nur etwa drei Minuten, um eine Frau zu nehmen, und machte sich immer seltener die Mühe, sein Schwert dabei abzulegen. Europa hasste ihn. Die Franzosen waren es müde geworden, in den Krieg und immer wieder in den Krieg zu ziehen.

Er war der mächtigste Mann der Welt.

Als er das erste Mal von jener Insel zurückkehrte, fühlte er sich wieder wie ein Knabe. Wie ein Held, der nichts zu verlieren hat. Wie ein Retter mit einem Paar Schuhe zum Wechseln.

Als sie ein zweites Mal mühelos siegten und einen dunkleren Felsen für ihn auswählten, wo der Wind rau und die Begleitung unleidlich war, begruben sie ihn bei lebendigem Leibe.

Die Dreier-Koalition. Mächte der Mäßigung gegen diesen Wahnsinnigen.

Ich hasste ihn, aber sie waren nicht besser. Die Toten sind tot, auf welcher Seite auch immer sie kämpfen.

Drei Wahnsinnige gegen einen. Zahlen gewinnen. Nicht Redlichkeit.

Wenn der Wind sich erhebt, hör ich ihn weinen. Dann kommt er zu mir, die Hände noch fettig glänzend von seiner letzten Mahlzeit, und fragt mich, ob ich ihn liebe. Sein Gesicht fleht mich an, ja zu sagen, und ich denke an all diejenigen, die ihm ins Exil gefolgt sind und einer nach dem anderen ein kleines Boot nach Hause nahmen.

Meist haben sie Aufzeichnungen bei sich. Seine Lebensgeschichte, seine Gefühle auf dem Felsen. Indem sie die gelähmte Bestie zur Schau stellen, verdienen sie sich ein Vermögen.

Selbst seine Diener lernten schreiben.

Er spricht besessen von seiner Vergangenheit, weil die Toten keine Zukunft haben und ihre Gegenwart Erinnerung ist. Sie sind in der Ewigkeit, weil die Zeit stehen geblieben ist.

Joséphine ist noch am Leben und hat kürzlich die Geranien in Frankreich eingeführt. Ich erzählte ihm davon, doch er sagte, er habe Blumen nie gemocht.

Mein Zimmer hier ist winzig. Wenn ich mich niederlege – was ich aus Gründen, die ich erklären werde, möglichst zu vermeiden suche –, kann ich alle vier Ecken berühren, sobald ich Arme und Beine ausstrecke. Trotzdem habe ich ein Fenster; es ist, im Gegensatz zu den meisten anderen, nicht vergittert. Das heißt, es ist völlig offen. Es hat keine Scheiben. Ich kann mich hinauslehnen und über die Lagune blicken, und manchmal sehe ich Villanelle in ihrem Boot. Sie winkt mir mit ihrem Taschentuch zu.

Im Winter hänge ich einen doppelten Vorhang aus Säcken davor und befestige ihn mit meiner Kommode am Boden. Das hilft ein wenig, freilich nur, wenn ich meine Decke ganz fest um mich wickle. Trotzdem bekomme ich im November regelmäßig den Katarrh. Das beweist, dass ich nun Venezianer bin. Auf dem Fußboden liegt wie zu Hause Stroh, und manchmal, wenn ich erwache, kann ich Haferbrei riechen, dick und braun. Ich mag solche Tage, weil es bedeutet, dass

Mutter hier ist. Sie sieht aus wie immer, vielleicht etwas jünger. Sie hinkt ein wenig dort, wo das Pferd auf sie gestürzt ist, aber sie braucht ja nicht weit zu gehen in dieser kleinen Kammer.

Wir bekommen Brot zum Frühstück.

Es gibt kein Bett, nur zwei große Kissen, die auch mit Stroh gepolstert sind. Im Laufe der Jahre habe ich sie mit Möwenfedern gefüllt. Beim Schlafen sitze ich auf einem und lehne mich an das andere mit dem Rücken gegen die Wand. Es ist bequem, und so kann er mich nicht erwürgen.

Als ich hierher kam – ich weiß nicht, wie lange das her ist –, versuchte er jede Nacht, mich zu erwürgen. Sobald ich mich in meiner Kammer (ich teilte sie mit drei anderen) zum Schlafen niederlegte, fühlte ich seine Hände an meiner Kehle und seinen Atem, der nach Erbrochenem roch, und ich sah seinen fleischigen Mund, seinen widerlich rosigen Mund, der mich küssen wollte.

Sie gaben mir nach einer Weile eine eigene Kammer; ich hinderte die anderen am Schlaf.

Es gibt noch einen Mann, der ein eigenes Zimmer hat. Der ist seit einer Ewigkeit hier und ist schon mehrmals ausgebrochen. Sie bringen ihn halb ertrunken zurück; er glaubt, er kann auf dem Wasser gehen. Er hat Geld, deshalb ist sein Zimmer komfortabel. Ich könnte Geld haben, aber ich will keins von ihr.

Wir versteckten die Boote in einer übel riechenden Durchfahrt, die sonst nur die Müllkähne befahren, und Villanelle zog ihre Stiefel wieder an. Das war das einzige Mal, dass ich ihre Füße sah, wenn man so etwas Füße nennen kann. Sie entfaltet sie wie einen Fächer und faltet sie ebenso wieder zusammen. Ich wollte sie berühren, aber meine Hände waren mit Blut bedeckt. Wir ließen ihn liegen, so wie er war, das Gesicht nach oben, sein Herz neben sich. Villanelle zog mich auf dem Heimweg fest an sich, um mich zu trösten und um das Blut an meinen Kleidern zu verbergen. Wenn uns jemand begegnete, drückte sie mich an die Wand und küsste mich voller Leidenschaft, so dass man meinen Körper nicht sah. Auf diese Weise liebten wir uns.

Sie erzählte ihren Eltern alles, was geschehen war, und die drei bereiteten heißes Wasser, wuschen mich und verbrannten meine Kleider.

»Ich träumte vom Tod«, sagte ihre Mutter.

»Sei still«, sagte ihr Vater.

Sie wickelten mich in ein Schaffell und legten mich auf die Matratze eines ihrer Brüder nahe beim Ofen. Dort schlief ich den Schlaf der Gerechten und wusste nicht, dass Villanelle die ganze Nacht schweigend an meinem Lager Wache hielt. In meinen Träumen hörte ich die Eltern fragen: »Was sollen wir tun?«

»Die Behörden werden kommen. Ich bin seine Frau. Mischt euch nicht ein.«

»Und was wird aus Henri? Er ist Franzose, auch wenn er nicht schuldig ist.«

»Ich werd mich um Henri kümmern.«

Und als ich das hörte, sank ich völlig in Schlaf.

Ich glaube, wir wussten, dass wir gefasst würden.

In den Tagen, die folgten, mästeten wir unsere Körper mit Lust. Wir brachen frühmorgens auf und vergnügten uns in den Kirchen. Das heißt, Villanelle aalte sich in Gottes Farben und Schauspiel, ohne einen Gedanken an Gott zu verschwenden, und ich spielte auf den Steinplatten mein Spiel aus Nullen und Kreuzen.

Wir ließen unsere Hände über jede warme Fläche gleiten und sogen die Sonne von Eisen, Holz und dem glühenden Fell Tausender Katzen ein.

Wir aßen frisch gefangenen Fisch. Sie ruderte mich in einem Prunkboot, das sie von einem Bischof hatte, rund um die Insel.

In der zweiten Nacht überflutete ein heftiger Sommerregen den Markusplatz, und wir standen am Rand und beobachteten ein venezianisches Paar, das mit Hilfe von zwei Stühlen wie mit Stelzen den Platz überquerte.

»Auf meinen Rücken«, sagte ich.

Sie schaute mich ungläubig an.

»Ich kann zwar nicht auf dem Wasser gehen, aber hindurchwaten kann ich.« Ich reichte ihr meine Schuhe, und so wankten wir langsam über den weiten Platz. Ihre Beine waren so lang, dass sie sie hochziehen musste, damit ihre Füße nicht im Wasser hingen. Als wir die andere Seite erreichten, war ich völlig erschöpft.

»Und das ist der junge Mann, der zu Fuß von Moskau gekommen ist?«, spöttelte sie.

Arm in Arm machten wir uns auf die Suche nach einem Abendessen, und dann zeigte sie mir, wie man Artischocken isst. Lust und Gefahr. Lust am Rande der Gefahr ist süß. Das Gefühl des Spielers, zu verlieren, macht das Gewinnen zu einem Liebesakt. Am fünften Tag, als unsere Herzen fast zu klopfen aufgehört hatten, achteten wir kaum mehr auf den

Sonnenuntergang. Das dumpfe Kopfweh, das mich gequält hatte, seit ich ihn tötete, war vergangen.

Und am sechsten Tag kamen sie.

Sie kamen früh, so früh wie die Gemüseboote, die zum Markt fahren. Sie kamen ohne Vorwarnung. Drei Männer in einem glänzend schwarzen Boot mit einer Flagge. Nur ein paar Fragen wollten sie stellen, weiter nichts: Wusste Villanelle, dass ihr Mann tot ist? Was geschah, nachdem sie und ich so überstürzt das Kasino verlassen hatten?

War er uns gefolgt? Hatten wir ihn gesehen?

Es schien, dass Villanelle als seine rechtmäßige Ehefrau in den Besitz eines beachtlichen Vermögens kommen würde, vorausgesetzt natürlich, sie war keine Mörderin. Sie musste Papiere unterzeichnen, die seine Besitztümer betrafen, und wurde fortgeführt, um die Leiche zu identifizieren. Mir riet man, das Haus nicht zu verlassen, und um sicherzugehen, dass ich ihren Rat befolgte, wurde ein Mann vor dem Wassertor postiert, der sich die Sonne aufs Haupt scheinen ließ.

Ich wünschte mir, auf einer leuchtend grünen Wiese zu liegen und in den leuchtend blauen Himmel zu schauen.

Sie kehrte weder in dieser noch in der nächsten Nacht zurück, und der Mann am Wassertor wartete. Als sie am dritten Morgen kam, waren die beiden Männer bei ihr; Villanelles Augen warnten mich, aber sie konnte nicht sprechen, und so wurde ich wortlos abgeführt. Der Anwalt des Kochs, ein listiger korrupter Mann mit einer Warze an seiner Wange und schönen Händen, sagte mir geradeheraus, dass er Villanelle für schuldig hielt und mich für ihren Helfershelfer. Ob ich eine Erklärung in diesem Sinne unterzeichnen wolle? Wenn ja, wolle er gern wegschauen, während ich verschwände.

»Wir Venezianer sind großzügig«, fügte er hinzu.

Und was würde mit Villanelle geschehen?

Die Bedingungen im Testament des Kochs waren sehr seltsam; er hatte weder versucht, seiner Frau das Erbe streitig zu machen, noch einem anderen das Vermögen zu überlassen. Er hatte einfach nur bestimmt, dass er, falls sie ihn aus irgendeinem Grunde nicht beerben könnte (durch Abwesenheit etwa), sein ganzes Vermögen in den Besitz der Kirche käme.

Da er nicht damit hatte rechnen können, sie jemals wieder zu sehen – warum hatte er die Kirche gewählt? War er je in einer gewesen? Mein Erstaunen muss sichtbar gewesen sein, denn der Anwalt sagte ganz ehrlich, dass der Koch so gerne die Chorknaben in ihren roten Kleidern betrachtet hätte. Hatte sein Gesicht eben noch den Anflug eines Lächelns, einen flüchtigen Hinweis auf etwas anderes als religiöse Neigung gezeigt, so verbarg er beides sofort wieder.

Was konnte ihm daran gelegen sein, fragte ich mich. Was kümmerte es ihn, wer das Geld bekam? Er sah mir nicht wie ein Mann mit Gewissen aus. Und zum ersten Mal in meinem Leben fühlte ich, dass ich die Macht besaß. Ich war es, der den Trumpf in der Hand hielt.

»Ich hab ihn umgebracht«, sagte ich. »Ich hab ihn erstochen und sein Herz herausgeschnitten. Soll ich die Form der Wunde in seiner Brust aufzeichnen?«

Ich zeichnete ein Dreieck mit stumpfen Ecken auf die staubige Fensterscheibe. »Sein Herz war blau. Wusstet Ihr, dass Herzen blau sind? Nicht im Geringsten rot. Ein blauer Stein in einem roten Urwald.«

»Du musst wahnsinnig sein«, sagte der Anwalt. »Kein vernünftiger Mann würde so töten.«

»Kein vernünftiger Mann würde so leben, wie ich es tat.«

Wir schwiegen beide. Ich hörte seinen Atem, scharf und rau wie Sandpapier. Er legte seine beiden Hände auf das Geständnis, das fertig zur Unterschrift war. Schöne gepflegte Hände, weißer noch als das Papier, auf dem sie ruhten. Woher hatte er diese Hände? Sie konnten ihm nicht rechtmäßig gehören.

»Wenn du mir die Wahrheit sagst …«

»Glaubt mir.«

»Dann musst du hier bleiben, bis ich alles für dich vorbereitet habe.«

Er erhob sich, verriegelte die Tür hinter sich und ließ mich in seinem komfortablen Zimmer mit Tabak- und Ledergeruch, mit einer Cäsar-Büste auf dem Tisch und einem Herzen auf der Fensterscheibe zurück.

Am Abend kam Villanelle. Sie kam allein, weil sie schon im Besitz ihrer Erbschaft war. Sie brachte einen Krug Wein, Brot aus der Bäckerei und einen Korb frischer Sardinen mit. Wir saßen zusammen am Boden wie Kinder, die ihr Onkel versehentlich in seinem Arbeitszimmer zurückgelassen hat.

»Weißt du auch, was du tust?«, fragte sie.

»Ich habe nur die Wahrheit gesagt.«

»Henri, ich weiß nicht, was als Nächstes geschehen wird. Piero (der Anwalt) glaubt, dass du verrückt bist, und will dich als solchen vor Gericht stellen. Ich kann ihn nicht kaufen. Er war ein Freund meines Mannes. Er glaubt immer noch, dass ich die Anstifterin bin, und alles rote Haar in der Welt und alles Geld, das ich besitze, werden ihn nicht daran hindern, dir

Schaden zuzufügen. Er hasst um des Hasses willen. Es gibt solche Menschen. Menschen, die alles besitzen: Geld, Macht, Frauen. Und wenn sie alles haben, dann spielen sie mit noch ausgeklügelteren Einsätzen als wir anderen. Es gibt für diesen Mann keinen Nervenkitzel mehr. Die Sonne, wenn sie aufgeht, erfreut ihn nicht mehr. Er wird sich nie in einer fremden Stadt verirren und nach dem Weg fragen müssen. Ich kann ihn nicht kaufen. Ich kann ihn nicht in Versuchung führen. Er will ein Leben für ein anderes. Dich oder mich. Lass es mich sein.«

»Du hast ihn nicht getötet. Ich hab ihn getötet, und ich bereu es nicht.«

»Ich hätte es auch getan. Und was macht es schon, wessen Messer oder wessen Hand es ausgeführt hat. Du hast ihn meinetwegen getötet.«

»Nein, ich tat es um meinetwillen. Er hat alles Gute besudelt.«

Sie nahm meine Hand. Wir rochen beide nach Fisch.

»Henri, wenn sie dich als Verrückten aburteilen, so hängen sie dich entweder, oder sie bringen dich nach San Servelo, in das Irrenhaus auf der Insel.«

»In das, was du mir gezeigt hast, das auf die Lagune schaut und das Licht auffängt?«

Sie nickte, und ich versuchte mir vorzustellen, wie es sein würde, wieder an einem festen Ort zu leben.

»Und was wirst du tun, Villanelle?«

»Mit dem Geld? Ein Haus kaufen; ich bin genug umhergereist. Mittel und Wege finden, dich zu befreien. Das heißt, wenn du dich entscheidest zu leben.«

»Werde ich überhaupt etwas entscheiden können?«

»So viel wie ich mir leisten kann. Es hängt nicht von Piero ab, sondern vom Richter.«

Es dämmerte. Sie zündete die Kerzen an und nahm mich in ihre Arme. Ich legte meinen Kopf an ihr Herz und hörte es schlagen, so gleichmäßig, als wäre es immer dort gewesen. Ich hatte noch bei niemandem so gelegen, außer bei meiner Mutter. Meine Mutter, die mich an ihre Brust gezogen und mir Worte aus der Heiligen Schrift ins Ohr geflüstert hatte. Sie hoffte, ich würde sie so lernen. Aber ich hörte nur das Flackern des Feuers und das Zischen des Wasserdampfs aus dem Kessel, den sie für das Bad meines Vaters anheizte. Ich hörte nichts als ihr Herz und fühlte nichts als ihre Zartheit.

»Ich liebe dich«, sagte ich, damals wie jetzt.

Als der Himmel sich verdunkelte, sahen wir zu, wie die Kerzen immer längere Schatten an die Wände malten. Piero hatte eine Palme in seinem Zimmer (sicher von einem Verbannten), und die warf einen ganzen Dschungel an die Decke, ein Gewirr von riesigen Blättern, hinter denen sich leicht ein Tiger hätte verstecken können. Cäsar auf seinem Tisch bekam ein immer bedeutenderes Profil, und von meinem Dreieck war nichts mehr zu sehen. Es roch nach Fisch und Kerzenwachs. Wir lagen eine Weile ausgestreckt am Boden, und ich sagte: »Jetzt verstehst du, warum ich so gerne ruhig im Gras liege und in den Himmel schaue.«

»Ich bin nur ruhig«, erwiderte sie, »wenn ich unglücklich bin. Ich wage nicht, mich zu bewegen, weil Bewegung den kommenden Tag näher bringt. Ich stell mir vor, wenn ich ganz ruhig bin, wird das Schreckliche, das ich befürchte, nicht geschehen. Als ich mit ihr die neunte, die letzte Nacht verbrachte, versuchte ich, während sie schlief, mich nicht zu rühren. Ich erinnerte mich an eine Geschichte über die kalten Einöden im Norden, wo die Nächte sechs Monate dauern, und ich hoffte, dass ein gewöhnliches Wunder uns dorthin brächte. Würde die Zeit vergehen, wenn ich mich dagegen sträubte?«

In jener Nacht liebten wir uns nicht. Unsere Körper waren zu schwer.

Am nächsten Tag stand ich vor Gericht, und es geschah, was Villanelle vorausgesagt hatte. Ich wurde für geisteskrank erklärt und zu lebenslanger Haft in San Servelo verurteilt. Noch am selben Nachmittag sollte ich dorthin gebracht werden. Piero sah enttäuscht aus, aber weder Villanelle noch ich schauten ihn an.

»Ich kann dich schon in einer Woche besuchen, und ich will alles Menschenmögliche tun, um dich dort rauszuholen. Jeder kann bestochen werden. Nur Mut, Henri. Wir sind den Weg von Moskau zu Fuß hierher gekommen. Wir können auf dem Wasser gehen.«

»Du kannst das.«

»Wir können es.« Sie umarmte mich und versprach, an der Lagune zu sein, bevor das finstere Boot davonsegelte. Ich besaß nur wenige Dinge, aber ich bestand darauf, Dominos Talisman und ein Bild von der Madonna mitzunehmen, das ihre Mutter für mich gestickt hatte.

San Servelo. Früher war es allein den Reichen und Verrückten vorbehalten. Bonaparte aber, der, wenigstens in Sachen Wahnsinn, für Gerechtigkeit war, hatte es für die Allgemeinheit öffnen und einen Fonds für seinen Unterhalt einrichten lassen. Innen herrschte noch verblichener Glanz. Die Reichen und Verrückten lieben ihren Luxus. Es gab ein geräumiges Besuchszimmer, in dem eine Dame ihren Tee einnehmen konnte, während ihr Sohn, in einer Zwangsjacke, ihr gegenüber saß. Zu einer Zeit hatten die Wärter Uniformen und glänzende Stiefel getragen, und jeder Insasse, der auf diese Stiefel sabberte, wurde eine Woche lang eingesperrt. Nicht viele Insassen sabberten. Es gab einen Park, den niemand mehr pflegte. Ein verkümmerter Morgen Land mit Steingärten und welkenden Blumen. Es gab jetzt zwei Gebäudeflügel. Einen für die restlichen reichen Verrückten und einen für die wachsende Zahl armer Verrückter. Villanelle hatte Anweisungen gegeben, mich im ersten unterbringen zu lassen, aber als ich erfuhr, was es kostete, weigerte ich mich hartnäckig.

Ich bin lieber unter gewöhnlichen Leuten.

In England haben sie einen verrückten König, den niemand einsperrt.

Georg III., der sein Oberhaus mit »Meine Lords und Pfauen« anredet.

Wer versteht schon die Engländer und ihren Meerrettich?

Ich hatte keine Angst, in solch merkwürdiger Gesellschaft zu sein.

Ich fürchtete mich erst, als die Stimmen sich meldeten, und nach den Stimmen die Toten selbst, die durch die Hallen wandeln und mich aus ihren hohlen Augen anstarren.

Als Villanelle die ersten Male kam, sprachen wir über Venedig und über das Leben, und sie war voller Hoffnung für mich. Dann erzählte ich ihr von den Stimmen und von den Händen des Kochs an meiner Kehle.

»Das ist nur Einbildung, Henri. Du musst durchhalten, bald
wirst du frei sein. Es gibt keine Stimmen, keine Gestalten.«
Und es gibt sie doch. Unter dem Stein dort, auf der Fenster-
bank. Da sind Stimmen, man kann sie nicht überhören.

Als Henri in dem finsteren Boot nach San Servelo gebracht
wurde, unternahm ich sofort die ersten Schritte für seine
Freilassung. Ich versuchte zunächst herauszufinden, aus wel-
chen Gründen die Irren dort eingesperrt sind, und ob ein
Arzt sie bisweilen untersucht, um vielleicht eine Besserung
festzustellen. Das scheint tatsächlich der Fall zu sein, doch
nur die können entlassen werden, die keine Gefahr für die
Menschheit darstellen. Absurd, wenn man bedenkt, wie viele
Gefahren für die Menschheit frei herumlaufen, ohne je untersucht zu werden. Henri war Insasse auf Lebenszeit. Es gab
keine rechtlichen Mittel, ihn freizubekommen, zumindest
nicht, solange Piero mit der Sache zu tun hatte.
Nun, dann musste ich ihm eben zu seiner Flucht verhelfen.
Bei meinen Besuchen in den ersten Monaten schien er heiter
und zuversichtlich, obwohl er seine Schlafkammer mit drei
Männern übelster Sorte und rauen Sitten teilte. Er sagte, er
beachte sie gar nicht. Er sagte, er sei viel zu sehr mit seinen
Aufzeichnungen beschäftigt. Vielleicht hatte es, lange bevor
ich's bemerkte, Anzeichen einer Veränderung an ihm gegeben, da mein Leben aber eine unerwartete Wendung genommen hatte, gab es andere Dinge, um die ich mich kümmern
musste.
Welcher Wahnsinn mich dazu trieb, ein Haus dem ihren gegenüber zu kaufen, kann ich nicht sagen. Ein Haus mit sechs
Etagen wie ihres und mit hohen Fenstern, die die Zimmer

mit Licht durchfluteten. Ich ging durch alle Stockwerke, ohne daran zu denken, je eines davon zu möblieren. Ich schaute in ihr Wohnzimmer, ihren Salon, ihr Nähzimmer und sah doch nicht sie, sondern einen Wandteppich mit dem Bildnis meiner selbst, als ich jünger war und wie ein hochmütiger Knabe einherschritt.

Ich klopfte einen Teppich auf meinem Balkon, als ich sie endlich erblickte.

Sie sah mich auch, und wir verharrten wie Statuen, jede auf ihrem Balkon. Ich ließ meinen Teppich in den Kanal fallen.

»Du bist meine Nachbarin«, sagte sie. »Du solltest mich besuchen kommen.« Und wir vereinbarten, dass ich noch am selben Abend zum Essen zu ihr käme.

Mehr als acht Jahre waren vergangen, aber als ich an ihre Tür klopfte, hatte ich nicht das Gefühl, eine Erbin zu sein, die zu Fuß von Moskau gekommen war und mit angesehen hatte, wie ihr Mann ermordet wurde. Ich fühlte mich wie ein Kasino-Mädchen in einer geliehenen Uniform. Unwillkürlich legte ich meine Hand auf mein Herz. »Du bist erwachsen geworden«, sagte sie.

Sie hatte sich kaum verändert, obwohl sie das Grau ihres Haars nicht mehr wie damals sorgsam zu verbergen suchte. Wir aßen an dem ovalen Tisch und saßen wieder Seite an Seite, die Flasche zwischen uns. Es fiel uns nicht leicht zu sprechen. Es war uns nie leicht gefallen; wir waren entweder zu sehr damit beschäftigt, uns zu lieben, oder zu ängstlich, belauscht zu werden. Warum glaubte ich, alles müsse anders sein, nur weil Jahre vergangen waren?

Wo war ihr Ehemann heute Abend?

Er hatte sie allein zurückgelassen.

Nicht wegen einer anderen Frau. Er beachtete andere Frauen nicht. Er war vor kurzem auf Reisen gegangen, um den Heiligen Gral zu finden. Er war sicher, dass seine Karte diesmal verlässlich und der Schatz der richtige war.

»Wird er wiederkommen?«

»Vielleicht, vielleicht auch nicht.«

Der Trumpf. Der unvorhersehbare Trumpf, der nie zur rechten Zeit kommt. Wenn ich ihn früher gezogen hätte, Jahre früher – was wäre aus uns geworden? Ich betrachtete meine Handflächen und versuchte, mir das andere Leben, das parallele Leben vorzustellen. Den Punkt, an dem mein Selbst sich teilte und das eine einen fetten Mann heiratete und das andere hier in diesem eleganten Haus blieb, um Abend für Abend an einem ovalen Tisch zu speisen.

Lässt sich damit erklären, weshalb wir manchmal, wenn wir einem fremden Menschen begegnen, den Eindruck haben, wir hätten ihn schon immer gekannt? Dass seine Gewohnheiten uns nicht fremd sind? Vielleicht breiten sich unsere Leben wie ein Fächer um uns aus, und wir können nur ein Leben kennen, aber zufällig andere erahnen.

Als ich ihr begegnete, fühlte ich, dass sie mein Schicksal war, und das Gefühl hat sich nicht geändert, auch wenn es unsichtbar bleibt. Obwohl ich in die Einöden der Welt aufgebrochen bin und wieder geliebt habe, kann ich nicht ehrlich sagen, dass ich sie je verlassen habe. Manchmal, wenn ich mit Freunden Kaffee trank oder allein am Meer entlangwanderte, ertappte ich mich in jenem anderen Leben, berührte es und empfand es als so wirklich wie mein eigenes. Und wenn sie nun allein in dem schönen Haus gelebt hätte, als ich sie kennen lernte? Vielleicht hätte ich nie meine anderen Leben erahnt, da ich sie nicht gebraucht hätte.

»Bleibst du?«, fragte sie.

Nein, nicht in diesem Leben, nicht jetzt. Der Leidenschaft kann man nicht befehlen. Sie ist kein dienstbarer Geist, der uns drei Wünsche gewährt, wenn wir die Flasche entstöpseln. Nein, die Leidenschaft befiehlt uns, und nur selten so, wie wir es wünschen.

Ich war zornig. Wer immer es ist, in den du dich zum ersten Mal verliebst, mehr noch, den du liebst, der ist derjenige, der deinen Zorn erregt, bei dem du nicht logisch sein kannst. Auch wenn du dich längst anderswo niedergelassen hast, auch wenn du vielleicht glücklich bist, so übt doch derjenige, der dein Herz nahm, letztendlich die Macht aus.

Ich war zornig, weil sie mich geliebt und meine Liebe geweckt und doch nicht den Mut gefunden hatte zu akzeptieren, was das bedeutete; es bedeutete mehr als kurze Zusammenkünfte in Cafés und von einem anderen gestohlene Nächte. Leidenschaft ist zäh und ausdauernd, doch weil sie edel ist, begnügt sie sich nicht lange mit den Überresten eines anderen.

Ich habe Liebesaffären gehabt und werde noch andere haben, aber Leidenschaft ist für den Aufrichtigen, den Zielstrebigen.

Sie fragte wieder: »Bleibst du?«

Wenn Leidenschaft spät im Leben zum ersten Mal geweckt wird, ist es schwerer, sie aufzugeben. Und denen, die dieser Bestie erst spät im Leben begegnen, bietet sich nur eine teuflische Wahl. Werden sie aufgeben, was sie kennen, und in unbekannte Meere segeln ohne die Gewissheit, je wieder

Festland zu erreichen? Werden sie auf die täglichen Dinge, die das Leben erträglich machten, verzichten, die Gefühle alter Freunde oder gar eines Geliebten vergessen? Kurz, werden sie sich aufführen, als wären sie zwanzig Jahre jünger und das Gelobte Land läge zum Greifen nahe?

Gewöhnlich nicht.

Und wenn sie es tun, musst du sie am Mast festbinden, weil die Rufe der Sirenen schrecklich anzuhören sind und sie bei dem Gedanken an das, was sie verloren haben, dem Wahnsinn verfallen können.

Das ist die eine Wahl.

Die andere ist es, jonglieren zu lernen, zu tun, was wir neun Nächte lang taten. Das aber ermüdet bald die Hände, wenn nicht das Herz.

Die zweite Wahl.

Die dritte besteht darin, die Leidenschaft abzulehnen, so wie man es ablehnen würde, einen Leoparden im Haus zu halten, wie zahm er zunächst auch erscheinen mag. Du könntest nun sagen, dass man einen Leoparden leicht füttern kann und dass dein Garten groß genug ist, aber wenigstens in deinen Träumen wirst du wissen, dass kein Leopard je zufrieden ist mit dem, was du ihm bietest. Nach neun Nächten muss die zehnte kommen, und jede verzweifelte Begegnung lässt dich nur noch verzweifelter nach einer weiteren dürsten. Nie gibt es genug zu essen, nie genug Garten für deine Liebe.

Also lehnst du's ab und stellst dann fest, dass dein Haus vom Geist des Leoparden heimgesucht wird.

Wenn die Leidenschaft spät im Leben kommt, ist sie schwer zu ertragen.

Eine Nacht noch. Wie verlockend. Wie unschuldig. Gewiss könnte ich heute Nacht bleiben. Noch eine Nacht, was würde es ausmachen? Nein. Wenn ich ihre Haut rieche, die sanften Linien ihrer Nacktheit wieder finde, wird sie ihre Hand ausstrecken und mein Herz stehlen wie ein Vogelei. Ich hatte keine Zeit, mein Herz mit Kletten zu bedecken, um es ihr zu entziehen. Wenn ich dieser Leidenschaft nachgebe, wird mein wirkliches Leben, das greifbare, vertraute entschwinden, und ich muss mich wieder von Schatten ernähren wie jene traurigen Geister, vor denen Orpheus floh.

Ich wünschte ihr eine gute Nacht, berührte nur ihre Hand und dankte dem Dunkel, das ihre Augen verbarg. In dieser Nacht schlief ich nicht, sondern wanderte durch die finsteren Straßen, suchte Trost in der Kühle und dem regelmäßigen Plätschern des Wassers. Am Morgen verriegelte ich mein Haus und kehrte nie wieder dorthin zurück.

Und Henri?
In den ersten Monaten schien er, wie ich schon sagte, ganz der Alte zu sein. Er bat mich um Schreibpapier und Feder und wollte wohl die Jahre, seit er sein Elternhaus verließ, und seine Zeit mit mir wieder beleben. Er liebt mich, das weiß ich, und ich liebe ihn, aber auf brüderliche, blutschänderische Weise. Er rührt an mein Herz, aber er bringt es nicht zum Rasen. Er könnte es niemals stehlen. Ich frage mich, ob es anders für ihn wäre, wenn ich seine Leidenschaft erwidern könnte. Das hat noch niemand, und sein Herz ist zu groß für seine magere Brust. Irgendjemand sollte dies Herz nehmen und ihm Frieden geben. Er sagte immer, er hätte Bonaparte

geliebt, und ich glaube ihm. Bonaparte überlebensgroß, der ihn mit nach Paris nahm, der seine Hand nach dem Kanal ausstreckte und jenen einfachen Soldaten das Gefühl gab, England gehöre ihnen.

Man sagt, wenn ein Entenküken schlüpft und zum ersten Mal die Augen öffnet, so folgt es dem, den es zuerst erblickt, sei's eine Ente oder nicht. So war es mit Henri – er öffnete die Augen, und da war Bonaparte.

Darum hasst er ihn jetzt so sehr. Er hat ihn enttäuscht. Leidenschaft verträgt keine Enttäuschung.

Was ist erniedrigender, als den Gegenstand deiner Liebe unwürdig zu finden?

Henri ist ein sanftmütiger Mensch, und ich frage mich, ob der Mord an diesem dicken Koch seinen Geist verletzt hat. Auf dem Heimweg von Moskau erzählte er mir, dass er acht Jahre im Krieg verbracht hätte, ohne je einen einzigen Menschen verwundet, geschweige denn getötet zu haben. Acht Jahre Krieg, und das Schlimmste, was er tat, war, mehr Hühner zu töten, als er zählen konnte.

Dabei war er kein Feigling, sondern setzte immer wieder sein Leben aufs Spiel, um einen Mann vom Schlachtfeld zu bergen. Das hat mir Patrick erzählt.

Henri.

Ich besuche ihn jetzt nicht mehr, sondern winke ihm jeden Tag um die gleiche Zeit vom Boot aus zu.

Als er sagte, er würde Stimmen hören – die von seiner Mutter, vom Koch und von Patrick –, versuchte ich, ihm klarzumachen, dass es keine Stimmen gibt, nur solche, die man sich selbst macht. Ich weiß, dass die Toten manchmal rufen, ich weiß aber auch, dass die Toten gierig nach Aufmerksamkeit sind, und ich beschwor ihn, sie auszusperren und sich auf sich selbst zu konzentrieren. In einem Irrenhaus muss man seinen Verstand behalten.

Er erzählte mir nicht mehr davon, die Wärter aber sagten mir, dass er Nacht für Nacht schreiend aufwache, die Hände an seiner Kehle und manchmal halb erstickt an seiner eigenen Erdrosselung. Dadurch störte er seine Mitbewohner und wurde in ein Einzelzimmer verlegt. Anschließend war er viel ruhiger und benutzte Schreibzeug und Lampe, die ich ihm brachte. In jener Zeit war ich noch um seine Freilassung bemüht und zuversichtlich, sie durchzusetzen. Ich hatte nach und nach die Wärter kennen gelernt und war sicher, Henri mit Geld und ein paar Liebesdiensten freizukaufen. Mein rotes Haar besitzt große Anziehungskraft. Damals schlief ich noch mit ihm. Er hat einen mageren Knabenkörper, der den meinen leicht wie ein Tuch bedeckt, und weil ich ihn gelehrt hatte, mich zu lieben, liebte er mich gut. Er hatte keine Vorstellung davon, was Männer tun, was sein eigener Körper tut, bis ich's ihm zeigte. Er bereitete mir Lust und Genuss, aber wenn ich sein Gesicht sah, wusste ich, dass es mehr für ihn bedeutete. Wenn mich der Gedanke störte, schob ich ihn beiseite.

Ich habe gelernt zu genießen, ohne immer nach der Quelle des Genusses zu fragen.

Zwei Dinge geschahen.

Ich sagte ihm, ich sei schwanger.

Ich sagte ihm, in einem Monat würde er frei sein.

»Dann können wir heiraten.«

»Nein.«

Ich nahm seine Hände in die meinen und versuchte ihm zu

erklären, dass ich nicht wieder heiraten wolle, dass er nicht in Venedig leben könne und ich nicht in Frankreich leben wolle.

»Und das Kind? Soll ich es niemals kennen lernen?«

»Ich bring dir das Kind, wenn es sicher ist, und du kommst hierher, wenn es sicher ist. Vielleicht lasse ich Piero vergiften, ich weiß noch nicht, doch wir finden einen Weg. Du musst zunächst nach Hause.«

Er schwieg, und als wir uns liebten, legte er seine Hände um meine Kehle und schob langsam seine Zunge aus seinem Mund – wie einen rosafarbenen Wurm.

»Ich bin dein Mann«, sagte er.

»Hör auf, Henri.«

»Ich bin dein Mann«, und er beugte sich über mich mit weit aufgerissenen, glasigen Augen und seiner Zunge so rosarot. Ich stieß ihn fort, und er kauerte sich in die Ecke des Zimmers und weinte. Er wollte sich nicht von mir trösten lassen, und wir liebten uns nie wieder.

Nicht meine Schuld.

Der Tag für seine Flucht kam. Ich wollte ihn holen, stürzte zwei Stufen auf einmal die Treppe hinauf und öffnete, wie ich es immer tat, seine Tür mit meinem eigenen Schlüssel.

»Henri, komm, du bist ein freier Mann.«

Er starrte mich an.

»Patrick war eben hier. Du hast ihn verpasst.«

»Komm, Henri.« Ich zerrte ihn auf die Füße und schüttelte ihn an den Schultern. »Wir gehen fort, schau aus dem Fenster, dort unten ist unser Boot. Es ist ein Prunkboot. Ich hab's wieder von dem schlauen Bischof.«

»Es ist ein weiter Weg nach unten«, sagte er.

»Du brauchst nicht zu springen.«

»Nein?«

Sein Blick war getrübt. »Werden wir rechtzeitig nach unten gelangen? Wird er uns nicht einholen?«

»Hier ist niemand, der uns einholen will. Ich hab sie alle bestochen. Du wirst diesen Ort nie wieder sehen.«

»Ich kann nicht gehen, dies ist mein Zuhause. Was wird Mutter dazu sagen?«

Ich nahm meine Hände von seinen Schultern und legte sie unter sein Kinn.

»Henri, wir gehen fort. Bitte komm.«

Er wollte nicht.

Nicht in dieser, nicht in der folgenden Stunde, auch nicht am folgenden Morgen, und als das Boot davonfuhr, war ich allein. Er kam nicht einmal ans Fenster.

»Geh zurück zu ihm«, sagte meine Mutter. »Das nächste Mal wird er mitkommen.«

Ich ging wieder zu ihm, oder besser, ich ging nach San Servelo. Ein höflicher Wärter vom Flügel der Reichen lud mich zum Tee ein und sagte mir, so freundlich er konnte, dass Henri mich nicht mehr sehen wollte. Er habe sich meinen Besuch ausdrücklich verbeten.

»Was ist mit ihm geschehen?«

Der Wärter zuckte die Schultern, eine venezianische Art, alles oder nichts zu sagen.

Ich ging wohl noch ein dutzend Mal hin, und immer hörte ich, dass er mich nicht sehen wollte. Und immer trank ich Tee mit dem höflichen Wärter, der gern mein Liebhaber gewesen wäre, es aber nie wurde.

Lange Zeit später, als ich über die Lagune ruderte und mich zu seinem einsamen Felsen treiben ließ, sah ich Henri am Fenster stehen. Ich winkte ihm zu, und er winkte zurück, und ich glaubte, er würde mich erkennen. Er sah mich nicht, weder mich noch den Säugling, ein Mädchen mit einer Fülle von Haar wie die Morgensonne und Füßen wie die seinen.

Ich rudere jetzt jeden Tag hinaus, und er winkt, an meinen Briefen indes, die zurückgesandt werden, erkenne ich, dass ich ihn verloren habe.

Vielleicht hat er sich selbst verloren.

Ich selbst aale mich im Winter noch immer in den Kirchen und im Sommer an den warmen Mauern. Meine Tochter ist aufgeweckt und findet schon heute Geschmack daran, die Würfel fallen zu sehen und die Karten auszulegen. Ich kann sie nicht vor der Pikdame und den anderen Karten retten, sie wird, wenn die Zeit reif ist, ihr Los ziehen und ihr Herz aufs Spiel setzen. Wie könnte es anders sein bei einer solch lodernden Haarpracht? Ich lebe allein. Ich ziehe das vor, doch das heißt nicht, dass ich jede Nacht allein verbringe. Ich gehe jetzt wieder oft ins Kasino, um alte Freunde zu sehen und die Vitrine mit den beiden weißen Händen zu betrachten.

Das kostbare, einzigartige Ding.

Ich verkleide mich nicht mehr. Keine geliehenen Uniformen. Nur manchmal fühle ich den Anhauch des anderen Lebens, des Lebens im Schatten.

Dies ist die Stadt der Verkleidungen. Was du an einem Tage bist, verpflichtet dich nicht für den nächsten. Du kannst dich selbst uneingeschränkt erforschen, und wenn du Verstand und Reichtum besitzt, wird dir niemand im Wege stehen. Diese Stadt wurde auf Verstand und Reichtum erbaut, und wir schätzen sie beide, obwohl sie nicht zusammen auftreten müssen.

Ich fahre mit meinem Boot hinaus in die Lagune und lausche dem Schrei der Möwen und denke darüber nach, wo ich in, sagen wir, acht Jahren sein werde. Im sanften Dunkel, das die Zukunft vor den allzu Neugierigen verbirgt, begnüge ich mich hiermit: dass wo immer ich sein werde, nicht da ist, wo ich bin.

Die Städte des Inneren sind groß und auf keiner Karte verzeichnet.

Und das kostbare, einzigartige Ding?

Jetzt, da ich es wieder habe? Jetzt, da mir ein Aufschub gewährt wurde, wie er sonst nur in Märchen vorkommt?

Werde ich's wieder aufs Spiel setzen?

Ja.

Après moi, le déluge.

Nicht wirklich. Einige sind ertrunken, doch einige sind schon vorher ertrunken.

Er überschätzte sich.

Sonderbar, dass ein Mann an die Legenden zu glauben beginnt, die er selbst geschaffen hat.

Auf diesem Felsen berührten mich die Ereignisse in Frankreich kaum. Was konnten sie mir schon ausmachen, mir, der ich geborgen daheim bei meiner Mutter und meinen Freunden bin?

Ich war froh, als sie ihn nach Elba schickten. Ein schneller Tod hätte ihn sofort zum Helden gemacht. Viel besser, dass die Nachrichten von seinem zunehmenden Gewicht und seiner üblen Laune durchsickerten. Sie waren nicht dumm, die Russen und Engländer, dass sie, statt ihn zu töten, ihn sich selbst herabwürdigen ließen.

Jetzt, da er tot ist, wird er wieder zum Helden, doch das stört niemanden, weil er es nicht mehr ausnutzen kann.

Ich hab es satt, immer wieder seine Lebensgeschichte zu hören. Er tritt hier ein, unangemeldet natürlich, und beansprucht den ganzen Raum für sich. Seine Besuche sind mir nur willkommen, wenn der Koch hier ist; der hat schreckliche Angst vor ihm und ergreift sofort die Flucht.

Sie lassen alle ihren Geruch zurück; Bonapartes ist der von Hühnern.

Ich bekomme immer noch Briefe von Villanelle. Ich schicke sie ungeöffnet zurück und antworte nie. Nicht weil ich nicht an sie denke, nicht jeden Tag an meinem Fenster Ausschau nach ihr halte. Ich muss sie fortschicken, weil sie mir zu sehr wehtut.

Es gab eine Zeit, vor Jahren denke ich, da wollte sie mich dazu bewegen, diesen Ort zu verlassen, freilich nicht, um mit mir zu leben. Sie wollte, dass ich wieder allein bin, als ich eben begann, mich geborgen zu fühlen. Ich will nie wieder allein sein und ich will nichts mehr von der Welt sehen.

Die Städte des Inneren sind groß und auf keiner Karte verzeichnet.

Der Tag, an dem sie kam, war der Tag, an dem Domino starb, und ich habe ihn nicht mehr gesehen. Er kommt nicht hierher.

Ich erwachte an jenem Morgen und zählte meine Besitztümer:

die Madonna, meine Aufzeichnungen, diese Geschichte, meine Lampe und Dochte, meine Federn und mein Talisman.

Mein Talisman ist geschmolzen. Nur das Gold der Kette ist übrig geblieben und liegt glitzernd in einer Wasserlache.

Ich habe ihn aufgehoben und um meine Finger gewickelt, ihn über einen Finger nach dem anderen gezogen und ihn gleiten sehen wie eine Schlange. Ich wusste damals, dass er tot war, obwohl ich nicht wusste, wie und wo. Ich legte die Kette um meinen Hals und war sicher, sie würde es bemerken, als sie zu mir kam, doch sie bemerkte es nicht. Ihre Augen leuchteten, und ihre Hände waren voll vom Davonlaufen. Ich war vorher mit ihr davongelaufen, war als Verbannter in ihre Familie gekommen und hatte auf die Liebe gewartet. Nur Narren warten auf die Liebe. Ich bin ein Narr. Ich bin acht Jahre in der Armee geblieben, weil ich jemanden liebte. Du glaubst, das hätte genug sein müssen. Ich blieb auch, weil ich nicht wusste, wohin ich sonst hätte gehen sollen.

Ich bleibe aus eigenen Stücken.

Das bedeutet mir sehr viel.

Sie schien zu glauben, wir würden ihr Boot erreichen, bevor sie uns eingeholt hätten. War sie von Sinnen? Ich hätte wieder töten müssen. Das konnte ich nicht, nicht einmal für sie.

Sie sagte mir, sie würde ein Kind bekommen, aber sie wollte mich nicht heiraten.

Wie ist das möglich?

Ich will sie heiraten, und ich werde ihr Kind nicht bekommen.

Es ist leichter, sie nicht zu sehen. Ich winke ihr nicht immer zu; ich habe einen Spiegel und stehe manchmal seitlich am Fenster, wenn sie vorbeirudert, und wenn die Sonne scheint, kann ich den Glanz auf ihrem Haar einfangen. Er bringt das Stroh auf dem Boden zum Leuchten, und ich denke, der heilige Stall muss ähnlich ausgesehen haben; prächtig, bescheiden und unwirklich.

Manchmal ist ein Kind bei ihr im Boot; es muss unsere Tochter sein. Wie sind wohl ihre Füße?

Von meinen alten Freunden abgesehen, spreche ich hier mit niemandem. Nicht weil sie verrückt sind und ich nicht, sondern weil sie sich nicht konzentrieren können. Es ist schwer, sie bei einem Thema zu halten, und wenn es mir doch gelingt, so ist es selten ein Thema, das mich interessiert.

Und was interessiert mich?

Leidenschaft. Besessenheit.

Ich habe beides kennen gelernt, und ich weiß, dass die Trennlinie dazwischen so dünn und grausam ist wie ein venezianisches Messer.

Als wir von Moskau zurück durch den Null-Winter zogen, glaubte ich, an einen besseren Ort zu kommen. Ich glaubte, ich würde endlich handeln und die traurigen, grässlichen Dinge zurücklassen, die mich so lange bedrückt hatten. Der freie Wille, so sagte mein Freund, der Priester, gehört uns allen. Der Wille zu verändern. Ich halte nicht viel von Wahrsagerei. Ich bin nicht wie Villanelle, ich sehe keine verborgenen Welten in meiner Handfläche, keine Zukunft in einer gläsernen Kugel. Und doch – was ist von diesem Zigeuner zu halten, der mir in Österreich begegnete und meine Stirn bekreuzigte und sagte: »Kummer und Leid, bei dem, was du tust, und ein einsamer Ort.«

Es gab viel Kummer und Leid bei dem, was ich tat, und wären

nicht meine Mutter und meine Freunde hier, so wäre dies der verlassenste Ort.

An meinem Fenster kreischen die Möwen. Ich beneidete sie früher um ihre Freiheit, sie und die Felder, die sich fern bis zum Horizont erstrecken. Jedes natürliche Ding, das behaglich ist an seinem Ort. Ich glaubte, die Soldatenuniform würde mich frei machen, weil Soldaten gern gesehen und geachtet sind und weil sie wissen, was von einem Tag zum nächsten geschieht, und nicht von Ungewissheit geplagt sind. Ich dachte, ich würde der Welt einen Dienst erweisen, sie befreien und dabei mich selbst befreien. Jahre sind vergangen, und ich bin Entfernungen gereist, von denen die Bauern nicht einmal träumen, und fand doch, dass die Luft in jedem Land fast dieselbe war.

Ein Schlachtfeld gleicht dem anderen.

Es wird viel von der Freiheit geredet. Das ist ganz ähnlich wie mit dem Heiligen Gral; von Kindesbeinen an hören wir davon, es gibt ihn, dessen sind wir uns sicher, und jeder macht sich seine Gedanken über seinen Standort.

Mein Freund, der Priester, fand seine Freiheit, aller Weltlichkeit zum Trotz, in Gott. Patrick fand sie in einer wirren Welt, wo Kobolde ihm Gesellschaft leisten. Domino meinte, nur in der Gegenwart, nur im gelebten Augenblick – selten und unerwartet – könne man frei sein.

Bonaparte lehrte uns, die Freiheit liege in unseren Waffen, doch in all den vielen Legenden wurde der Heilige Gral nie mit Waffengewalt gewonnen. Es war Parzival, der edle Ritter, der zu einer verfallenen Kapelle kam und fand, indem er einfach still saß, was die anderen übersehen hatten.

Heute glaube ich, frei sein heißt nicht reich oder mächtig

oder angesehen oder ohne Verpflichtungen sein, sondern fähig sein zu lieben. Einen anderen so zu lieben, dass du dich selbst vergisst, und sei's nur für einen Augenblick, das heißt frei sein. Die Mystiker und die Kirchenleute reden immer davon, sich von diesem Körper und seinen Gelüsten zu befreien, um nicht länger Sklave des Fleisches zu sein. Sie sagen nicht, dass wir durch das Fleisch befreit sind. Dass unser Verlangen nach einander uns mehr als alles Göttliche aus uns selbst erhebt.

Wir sind ein laues Volk, und unsere Sehnsucht nach Freiheit ist unsere Sehnsucht nach Liebe. Wenn wir den Mut hätten zu lieben, würden wir den Krieg nicht so schätzen.

An meinem Fenster kreischen die Möwen. Ich sollte sie füttern, mein Brot aufbewahren, damit ich ihnen etwas geben kann.

Liebe, so heißt es, mache den Menschen zum Sklaven, Leidenschaft sei ein Dämon, und viele seien an der Liebe zu Grunde gegangen. Das ist wahr, ich weiß, doch ich weiß auch, dass wir ohne Liebe in den Tunneln unseres Lebens umhertappen und nie die Sonne sehen. Als ich mich verliebte, war es, als schaute ich zum ersten Mal in einen Spiegel und sähe mich selbst. Ich hob verwundert meine Hand und strich über meine Wangen, meinen Hals. Das also war ich. Und als ich mich angesehen und mich gewöhnt hatte an den Anblick dessen, der ich bin, hatte ich keine Angst, Teile meiner selbst zu hassen, weil ich des Spiegelhalters würdig sein wollte.

Dann, als ich mich zum ersten Mal betrachtet hatte, betrachtete ich die Welt und fand sie schöner und vielfältiger, als ich es angenommen hatte. Wie die meisten Menschen liebte ich die lauen Sommernächte und den Duft von gutem Essen und die Vögel, die am Himmel ziehen. Ich war indes kein Mystiker, noch ein Mann Gottes und empfand nicht die Ekstase, von der ich gelesen hatte, wie sehr ich mich auch danach sehnte. Wir lernen zwar Worte wie Leidenschaft und Ekstase, doch sie hinterlassen keinen Abdruck auf der Seite. Manchmal versuchen wir, sie umzudrehen, um zu sehen, was auf der anderen Seite ist, und jeder hat eine Geschichte von einer Frau oder einem Bordell oder einer Opiumnacht oder einem Krieg zu erzählen. Wir fürchten sie, die Leidenschaft, und lachen über zu viel Liebe und jene, die zu viel lieben.

Und dennoch sehnen wir uns nach heftigen Gefühlen.

Ich hab begonnen, im Garten zu arbeiten. Seit Jahren hat sich niemand darum gekümmert, obwohl einst prächtige Rosen darin gewachsen sein sollen, deren Duft bei günstigem Wind bis zum Markusplatz getragen wurde. Jetzt ist es nur noch ein Dornendickicht, in dem keine Vögel mehr nisten. Es ist ein unwirtlicher Ort, und das Salz lässt nur wenige Pflanzen gedeihen.

Ich träume von Löwenzahn.

Ich träume von einem weiten Feld, auf dem die Blumen aus eigenem Antrieb wachsen. Heute habe ich die Erde um den Steingarten weggeschaufelt, dann wieder zurückgeschaufelt und den Boden geebnet. Wozu ein Steingarten auf einem Felsen? Wir sehen genug Stein.

Ich will Villanelle schreiben und um Blumensamen bitten.

Merkwürdig, wenn man bedenkt, dass die Geranien vielleicht nie nach Frankreich gekommen wären, hätte Napoleon sich nicht von Joséphine getrennt. Sie wäre viel zu sehr mit ihm beschäftigt gewesen, als dass sie ihr unbestrittenes Talent zur Botanik hätte entfalten können. Es heißt, sie hätte uns schon hundert verschiedene Pflanzenarten gebracht, und wenn du sie darum bätest, würde sie dir kostenlos Samen zuschicken.

Ich will Joséphine schreiben und um Samen bitten.

Meine Mutter trocknete Mohnsamen auf unserem Dach und stellte die Blütenköpfe fürs Weihnachtsfest zu Szenen aus der Bibel zusammen. Ich pflege den Garten vor allem für sie; sie sagt, es sei so öde hier mit nichts als Wasser, so weit das Auge reicht.

Für Patrick pflanze ich Gras, und für Domino will ich einen Grabstein legen, keinen, den die anderen finden sollen, nur ein Stein an einem warmen Platz nach all der Kälte.

Und für mich selbst?

Für mich selbst will ich eine Zypresse pflanzen, die mich überleben soll. Das fehlt mir so sehr an den Feldern – das Gefühl für die Zukunft wie für die Gegenwart. Dass, was immer du gesät und gepflanzt hast, ganz unerwartet aufschießt; ein Trieb, ein Baum, wenn du gerade woanders hinschaust, an etwas anderes denkst. Es tröstet mich zu wissen, dass das Leben mich überleben wird, ein Glücksgefühl, das Bonaparte nie verstanden hat.

Es gibt einen Vogel hier, einen winzigen jungen Vogel, der seine Mutter verloren hat. Ich ersetze sie, und der Vogel hockt auf meiner Schulter, ganz nah hinter meinem Ohr, um sich zu wärmen. Ich füttere ihn mit Milch und Würmern, die ich, auf Händen und Füßen kriechend, aus der Erde grabe, und gestern ist er zum ersten Mal geflogen. Er flog vom Boden, wo ich gerade pflanzte, hinauf auf einen Dornenzweig. Dort sang er, und ich streckte ihm meinen Finger aus, um ihn mit nach Hause zu nehmen. Nachts schläft er in meinem Zimmer in einer Kragenschachtel. Ich werde ihm keinen Namen geben. Ich bin nicht Adam.

Dies ist kein öder Ort. Villanelle, deren Gabe es ist, alles mindestens zwei Mal anzusehen, lehrte mich, an den unglaublichsten Orten Freude zu finden und dennoch über das Nächstliegende verwundert zu sein. Sie besaß das Geschick, dich aufzumuntern, indem sie ganz einfach sagte: »Schau das an«, und es war stets ein ganz gewöhnlicher zu Leben erweckter Schatz. Sie kann sogar die Fischweiber bezaubern.

Und so verlasse ich früh am Morgen mein Zimmer und mache mich in aller Ruhe auf den Weg zu den Gärten, lasse meine Hände über die Mauern gleiten und bekomme ein Gefühl für die Oberflächen, für die Struktur. Ich atme tief und rieche die Luft, und wenn die Sonne steil steht, drehe ich ihr das Gesicht zu und lasse mich wärmen.

Einmal abends habe ich ohne Kleider im Regen getanzt. Das hatte ich vorher noch nie getan, hatte noch nie die eisigen Tropfen wie Pfeile auf meiner Haut gespürt. In den Jahren in der Armee war ich unzählige Male durchnässt, aber nicht aus freien Stücken.

Aus freien Stücken im Regen zu stehen ist eine völlig andere Sache, auch wenn die Wärter nicht dieser Meinung waren. Sie drohten, mir den Vogel wegzunehmen.

Obwohl ich Spaten und Schaufel habe, grabe ich, wenn es nicht zu kalt ist, oft mit meinen Händen. Ich fasse so gern die Erde an, zerdrücke oder zerkrümele sie zwischen meinen Fingern.

Hier hat man viel Zeit, um langsam zu lieben.

Der Mann, der auf dem Wasser geht, hat mich gebeten, einen Teich in meinem Garten anzulegen, damit er üben kann.

Er ist Engländer. Was hättest du anderes erwartet?

Einer von den Wärtern hier hat mich sehr gern. Ich frage nicht warum. Ich habe gelernt zu nehmen, was da ist, ohne mir Fragen nach der Quelle zu stellen. Wenn er mich auf allen vieren am Boden kriechen sieht – auf eine Art, die willkürlich erscheint, in Wirklichkeit aber wohl durchdacht ist –, gerät er außer sich und eilt mit seinem Spaten herbei, um mir zu helfen. Er besteht vor allem darauf, dass ich den Spaten benutze.

Er versteht nicht, dass ich frei sein will, meine eigenen Fehler zu begehen.

»Du kommst hier niemals raus, Henri, nicht solange sie glauben, du seist verrückt.«

Warum sollte ich hier rauskommen wollen? Sie sind alle so mit dem Rauskommen beschäftigt, dass sie gar nicht sehen, was drinnen ist. Wenn die Tageswärter mit ihren Booten fortfahren, stehe ich nicht am Fenster, um ihnen nachzuschauen. Ich frage mich zwar, wohin sie fahren, wie ihr Leben sein mag, doch ich möchte deshalb nicht tauschen mit ihnen. Ihre Gesichter sind grau und freudlos, selbst an den sonnigsten Tagen, wenn der Wind zu seinem Vergnügen gegen den Fels peitscht.

Wohin sollte ich schon gehen? Ich habe ein Zimmer, einen Garten, Gesellschaft und viel Zeit für mich. Ist das nicht, was sich die Menschen erträumen?

Und die Liebe?

Ich liebe sie noch immer. Kein Tag vergeht, ohne dass ich an sie denke, und wenn der Hartriegel im Winter rot wird, strecke ich meine Hände aus und stelle mir ihr Haar vor.

Ich liebe sie; nicht ein Traumwesen oder Fantasiegebilde.

Sie. Eine Person, die nicht ich ist. Ich habe Bonaparte ebenso erfunden, wie er sich selbst erfunden hat.

Meine Leidenschaft für sie (auch wenn sie nicht erwidert wurde) machte mir einen wesentlichen Unterschied klar: den Unterschied, der darin besteht, einen Geliebten zu erfinden oder wirklich zu lieben.

Beim ersten geht es um dich, beim zweiten um einen anderen.

Ich habe einen Brief von Joséphine erhalten. Sie erinnert sich noch an mich und will mich hier besuchen, doch ich kann mir nicht vorstellen, dass das möglich ist. Sie scheint kaum beunruhigt wegen meiner Adresse und hat mir Samen verschiedener Pflanzen mitgeschickt; manche davon werden unter Glas gezüchtet. Ich habe Anweisungen und in manchen Fällen sogar Bebilderungen, doch was ich mit einem Baobab tun soll, weiß ich nicht. Anscheinend wächst er von oben nach unten.

Vielleicht ist dies ein günstiger Standort für ihn.

Es heißt, dass Joséphine, als sie im kaltfeuchten Kerker von Carmes auf den Tod wartete, zusammen mit den anderen Damen das Unkraut und die Flechten züchtete, die zwischen den Steinen wuchsen. Auf diese Weise schufen sie sich, wenn auch keinen Garten, so doch ein grünes Fleckchen, das ihnen Trost spendete. Das mag wahr sein oder auch nicht.

Es ist mir gleichgültig.

Allein es zu hören, ist mir ein Trost.

Jenseits des Wassers, in der Stadt der Wahnsinnigen, bereiten sie sich auf Weihnachten und auf Silvester vor. Um Weihnachten machen sie nicht viel Wesens, sieht man einmal von dem Kind ab, in der Silvesternacht aber halten sie eine Prozession, und ich kann die geschmückten Boote von meinem Fenster aus sehen. Ihre Lichter tanzen auf und ab, und das Wasser darunter glänzt wie Öl. Ich bleibe die ganze Nacht wach und lausche den Rufen der Toten und sehe den Sternen nach, die über den Himmel ziehen.

Um Mitternacht läuten die Glocken von allen ihren Kirchen – sie haben mindestens einhundertundsieben davon. Ich habe versucht, sie zu zählen, aber dies ist eine lebendige Stadt, und niemand weiß genau, welche Gebäude von einem Tag zum nächsten da sind.

Du glaubst mir nicht?

Vergewissre dich selbst.

Wir haben einen Gottesdienst hier in San Servelo. Ein makabres Schauspiel ist das, sind doch die meisten Insassen in Ketten, und die übrigen plappern und zappeln so sehr, dass die wenigen, die sich etwas draus machen, der Messe gar nicht folgen können. Ich gehe nicht hin – es ist kein Ort, um sich zu aalen. Ich bleibe lieber in meinem Zimmer und schaue aus dem Fenster. Letztes Jahr kam Villanelle so nah, wie sie konnte, herangerudert und zündete Feuerwerkskörper an. Einer zerbarst so hoch, dass ich ihn fast berühren konnte, und eine Sekunde lang dachte ich, den fallenden Funken nachzuspringen und auch sie dort unten in ihrem Boot noch einmal zu berühren. Noch ein Mal. Was macht es für einen Unterschied, ihr wieder nah zu sein? Nur diesen einen: Dass, wenn ich anfange zu weinen, ich nicht mehr aufhören kann.

Ich las heute erneut meine Aufzeichnungen und fand folgende Zeilen:

Ich sage, ich liebe sie. Was bedeutet das?

Es bedeutet, dass ich meine Zukunft und meine Vergangenheit im Licht dieses Gefühls sehe. Es ist, als würde ich in einer fremden Sprache schreiben, die ich plötzlich lesen könnte. Wortlos eröffnet sie sich mir. Wie ein Genius ist sie sich nicht bewusst, was sie tut.

Ich schreibe weiter, damit ich immer etwas zu lesen habe.

Heute Nacht hat es gefroren, und der Frost wird den Boden erhellen und die Sterne erhärten. Wenn ich morgen in den Garten gehe, wird er mit Raureif überzogen sein und mit Eisplatten, wo ich zu stark gegossen habe. Nur der Garten kann so gefrieren; der Rest ist zu salzig.

Ich kann die Lichter auf den Booten sehen, und Patrick, der bei mir ist, kann sogar den Markusplatz sehen. Sein Auge ist noch immer ausgezeichnet, besonders seitdem die Mauern nicht mehr im Wege sind. Er beschreibt mir die Chorknaben in ihren roten Kleidern und den Bischof in seinem Purpur und Gold und, an der Decke, den ewigen Kampf zwischen Gut und Böse. Die bemalte Decke, die ich so liebe.

Es ist mehr als zwanzig Jahre her, seit wir in Boulogne zur Kirche gingen.

Hinaus in die Lagune kommen jetzt die Boote gefahren mit ihren vergoldeten Bugen und den prächtigen Lichtern. Ein leuchtendes Band, ein Talisman zum Neujahrstag.

Nächstes Jahr habe ich Rosen im Garten. Einen Urwald roter Rosen.

Auf diesem Felsen? In diesem Klima.

Ich erzähl dir Geschichten. Trau mir.

Rosa Chacel
Leticia Valle
Memoiren einer Elfjährigen
Roman · Aus dem Spanischen von Maralde
Meyer-Minnemann

Der Roman einer »Verführung«. Von einer
der bedeutendsten spanischen Autorinnen des
20. Jahrhunderts.

»Der entscheidende Unterschied zwischen diesem
schon während des Spanischen Bürgerkrieges
begonnenen, doch erst 1945 im südamerikanischen
Exil fast unbemerkt erschienenen Roman und
Nabokovs weltberühmtem ›Nachfolger‹ ist, dass
Leticia/Lolita selbst, in Ich-Form, ihre Geschichte
erzählt.« Neue Zürcher Zeitung

»Einer der aufgewecktesten und scharfsinnigsten
Menschen, die ich je kennen gelernt habe.«
Javier Marías, Nachruf auf Rosa Chacel

Berliner Taschenbuch Verlag